Otto W. Bringer

Das Haar in der Apokalypse

AF204431

Otto W. Bringer

Das Haar in der Apokalypse

Das aufregende Leben eines Schafhaares von Anno 1356 bis zum Jüngsten Gericht.

Copyright: © 2017 Otto W. Bringer

Satz: Erik Kinting – www.buchlektorat.net

Titelgestaltung vom Autor unter Verwendung des Teppichmotivs in Angers „Untergang der Schiffe" und „Schaf" auf der ersten Innenseite. Künstlerische Bearbeitung der Archivfotos im Text und „Mittelalterlicher Webstuhl"- auf der Rückseite des Umschlages.

Erschienen bei tredition GmbH, Hamburg

978-3-7439-6068-8 (Paperback)
978-3-7439-6069-5 (Hardcover)
978-3-7439-6070-1 (e-Book)

Bibliografische Information der Deutschen Nationalbibliothek:

Die Deutsche Nationalbibliothek verzeichnet diese Publikation in der Deutschen Nationalbibliografie; detaillierte bibliografische Daten sind im Internet über http://dnb.d-nb.de abrufbar.

Inhalt:

Zur Einführung

Eine Redensart spricht vom Haar in der Suppe. Meint Störendes, Artfremdes, das nicht passt. Da ist, wo es nicht hingehört. Ärger verursacht. Aber was hat das Haar in der Apokalypse zu suchen? Den Endzeitvisionen des Apostel Johannes?

In denen schildert er, dass der Weg in den Himmel mit sieben Plagen gepflastert ist. Prüfungen Gottes. Wer sie besteht, kommt in den Himmel. Wer nicht, muss in der Hölle schmoren. Apokalypse sei also ein Auswahlverfahren. Christen sagen das Jüngste Gericht. Das Urteil am Ende der Zeit. Im 14. Jahrhundert ernst genommen, als passierte es morgen schon. Jan Bondol entwarf die Bildszenen. Die Werkstatt Robert Poissons, Paris, knüpfte die Teppiche aus gefärbten Naturgarnen. Mit Szenen der Apokalypse. Engel blasen sieben Mal die Posaune bei jeder Prüfung. Sieben Apokalyptische Reiter und das siebenköpfige Ungeheuer Symbole des Bösen. Und Johannes schaut zu. Erschrocken, erstaunt oder erleichtert. Bis St. Michael auftritt, das Ungeheuer tötet. Das neue Jerusalem auf dem letzten Teppich erstrahlt als Symbol der Erlösung.

Nebeneinander gehängte Teppiche. Im Schloss von Angers an der Loire, Frankreich. Mit einer Länge von über 100 Metern, die von 142 m gerettet wurden.

7

Eindrucksvoll wie kaum ein anderes Kunstwerk. Restauriert in ihrer ganzen Schönheit zu betrachten. Den einen wundert 's, den anderen erschreckt 's. Einen dritten vielleicht lässt es nachdenklich werden. Über die Abermillion Meter Garne aber, aus Haaren von Schafen gesponnen, macht sich niemand Gedanken. Dennoch soll eines dieser Haare Thema dieses Buches sein. Lassen Sie sich ein auf eine spannende Geschichte.

Ein Genom erinnert sich

Es war einmal ein Haar. Eines der elastischen, die man nur bei Schafen findet. In seiner Wurzel schlummerte ein Gen, das alle Möglichkeiten enthält. Aus einem jungen Haar ein erwachsenes, kräftiges werden zu lassen. Und zu vielem nutze. Gene sind es, die alles weitergeben, was lebt. Auch Schafe haben Gene. Die sie ähnlich aussehen lassen. Was man nicht vermutet: Schafe stammen von Ziegen ab. Sehen aber anders aus als sie. Haben keinen Bart, keine Hörner. Bis auf Widder, die sie für Kämpfe gegen konkurrierende Rivalen brauchen. Im Gegensatz zu meist nackten Ziegen haben Schafe ein wolldickes Fell.

Ihre Gewohnheiten aber sind ähnlich. Saugen an den Zitzen ihrer Mütter. Futtern Grünes, sobald sie laufen können. Saufen das Wasser aus Bächen. Rennen weg, wenn sie gelernt haben, wer ein Feind ist, der sie fressen könnte. Einige haben große Hörner, nach hinten gebogen. Männchen sind es, Widder genannt. Die kräftigsten einer Herde können bis zu fünfzig Mal Schafweibchen begatten am Tag. Die Herde ist groß genug, mit mehr Weibchen als Widder. So ist das Überleben ihrer Art gesichert. Gezüchtet als Rasse mit viel Fleisch für Metzger. Oder mit viel Wolle für Webstühle und Handarbeiten wie Stricken. Nur die Mufflons, vor ca. 10000 Jahren domestiziert, also Urahn des Hausschafes sind vom Aussterben bedroht. Man erkennt sie an nach hinten gebogenen Hörnern, größeren als bei Widdern. Ihrer schwarzen Nase und zotteligem, unbrauchbarem Fell. Hilfsprogramme versuchen die Rasse zu erhalten.

Jedes spielt eine Rolle in der Herde. Schafe und Widder. Der die erste Geige. Widder blöken rau und herrisch. Am Klang ihrer Stimme erkennen ihn Schäfer sofort. Schafweibchen klingen weicher. Lämmchen heller. Wissenschaft erkennt seit neuestem am Blöken sogar ihre Identität.

Ähnlich wie bei Menschen nicht nur die Stimmen. Weibchen muss aushalten, während er seiner Begierde folgt. Kaum wittert er ein trächtiges Weibchen, sticht er seinen harten Penis in ihren Leib. Und hört nicht auf zu stechen. Sie muss die Folgen ertragen aus dieser Stecherei. Fünf bis sechs Monate Schwangerschaft bis zur Geburt. Kinder, Lämmchen genannt, kommen selten allein. Meist mehr als eines hintereinander. Saugen an den Zitzen, weil sie Hunger haben. Erster Reflex wie beim Menschen. Oft zwei gleichzeitig. Eines links, das andere rechts. Das Euter ihrer Mama ist zweigeteilt. An jeder Seite haben sie zwei Zitzen. Theoretisch für vier hungrige Babys gleichzeitig.

Bevor wir erzählen, wie unsere Geschichte vom Haar eines Schafes weitergeht, zuerst zum Verhältnis Mensch und Schaf. Es könnte so gewesen sein: Mensch traf zufällig auf eine Herde. Beobachtete, einige haben Hörner, andere nicht. Sieht sie auf Weibchen springen wie sie selbst auf die Frau. Nach einiger Zeit kommen Lämmer auf die Welt. Beobachtet, wie sie sich benehmen, größer werden. Will herausfinden, ob die Veränderung ihm etwas nützen könnte. Die Milch aus dem Euter saugen wie die Lämmer bei ihrer Mama. Oder die Wolle wachsen sehen, bis sie von selbst abfiel. Aber zu nichts mehr zu gebrauchen. Vielleicht dachte er, man müsste die Wolle scheren, bevor sie zottelig wird und abfällt. Dann kann man sie sich umhängen wie einen Mantel. Fragte sich mit Sicherheit als erstes, kann man es schlachten, braten und essen? Menschen sind wie Tiere. Wenn sie hungrig sind und frieren. Der Fortpflanzungstrieb sie umtriebig macht. Ob Tiere eine Moral haben? Mensch hat keine, wenn es um Sex oder Essen geht.

In jedem Fall haben Schafe Gene, die sie so werden lassen, dass wir sie sofort wiedererkennen, begegnen sie uns. Auch wenn alle Rassen verschieden aussehen, genau betrachtet. Weißgrau die meisten, aber auch schwarz weiß gefleckt oder dunkelbraun. Verschiedene Eigenschaften haben. Die vom Menschen durch

Züchtungen quasi eingeimpft wurden. Ein Texel-Schaf z. B. produziert viel Fleisch. Ein provenzalisches viel Milch und Wolle. In großer Herde aber auf Wiesen, Landstraßen ländlicher Provinzen auch in Europa immer dasselbe Bild.

Alle Muttertiere mit ihren Lämmern zusammen. Die wenigen Widder ebenso unter sich. Ob das auch an den Genen liegt? Gene sitzen in den Eiern von Weibchen, den Samenfäden der Männchen. Nach der Begattung fließen beide in das neue Leben. Ein Lämmchen wird geboren. Bald stellt sich heraus, wer von beiden den stärkeren Einfluss hatte. Ist es ein weibliches oder ein männliches Tier? Die Mutter hat ihre Gene weitergegeben. Der Vater seine. Oder war es der Großvater, die Urgroßmutter? Alles in den Genen bestimmt Geschlecht, Aussehen und Charakter. Über Generationen hinweg. Vom sozialen Umfeld laufend beeinflusst. Bei Menschen und Tieren. Noch aber ist nichts entschieden. Unser Wollhaar nur eine Idee. Mal sehen, was daraus wird.

Geben wir unserem Schaf, das ein Weibchen ist, den Namen „Penelope". In Frankreich beliebter Name für Frauen. Das Wort aus dem Griechischen bedeutet Gewebe abreißen. Oder Wolle, ein Material aus dem Gewebe gemacht ist. Und schon sind wir beim Schaf. Anfangs webte man Bast zu Matten. Als Schlafdecke oder Behang für dies und das. Später Wolle aus den Haaren von Schafen und einer bestimmten Ziegenrasse. Oder Seide von Kokons der Seidenspinner. Wolle kommt meistens von Schafen. Schafswolle sagt man ja. Und jeder weiß, was es ist und zu was von Nutzen.

Stellen wir uns Schafe vor, die in großen Herden umherziehen, Futter zu suchen am Boden und zu fressen. Ihre Vorvorfahren, die Ziegen wollen immer schon höher hinaus. Recken ihre Hälse und fressen das Grün von Bäumen und Sträuchern. Knospen und Blätter von den Zweigen, die sie erreichen. Schafe suchen das, was ihnen näher liegt am Boden, Gräser vorwiegend. Und werden auch satt. Sie sind also Nomaden wie Kamele. Auf der Suche nach satt machenden Gräsern, Blättern, Distelgewächse. Wie Kamele unterwegs oder in einer Oase. Mensch erinnert sich, auch er ein Nomade, bevor er sesshaft wurde Anno Tobak.

Wahrscheinlich ziehen Schafe immer schon in großen Herden. Auch unbewacht von Hirten und Hunden. Futter zu finden irgendwo. Man spricht von Herdentrieb, sich sicherer fühlen in der Gesellschaft Gleichartiger. Was mit fremden Lebewesen nicht so funktioniert. Ein Blick auf das Verhalten von Menschen bei Flüchtlingsströmen zurzeit dürfte als Beweis genügen. Der Mensch ein Herdentier? Zu Zeiten der ersten Siedler könnten es schon Männer gewesen sein, die Herden mit Hilfe von Hunden zusammenhielten. Die Funde in Höhlen an der Dordogne, Frankreich, lassen auf einen intelligenten Menschen schließen.

Vor etwa 40000 Jahren hatte er bewiesen, dass er seine Umwelt nicht nur kannte. Sondern zeichnete wie ein Künstler. Mit flottem Strich und naturgetreu. Die Wissenschaft nennt ihn Cro-Magnon, den ersten intelligenten Menschen. Lateinisch: „Homo sapiens". Betrachtet man die bemalten Decken und Wände der Höhle in Lascaux, in denen er wohnte, kann man nur staunen. Man sieht Jagdszenen, in denen Wisente und Wildpferde um ihr Leben rennen. Auf der Flucht vor wem? Vor Menschen mit Speeren die man in angedeuteten Strichen erkennt. Alles mit verkohlten Holzstäbchen gezeichnet wie mit Kreide. Mal kräftig, mal weich verlaufend. Und einem Stück weichen Ockersteins rot gefärbt. Tolle Bilder. Als lebten sie. Den berühmten Tauromaquias – Stierkampfszenen – Picassos ebenbürtig. Nicht nur in Europa, auch auf anderen Kontinenten entdeckte man jüngst ähnlich lebendige Zeichnungen in Höhlen. Der Mensch ein Künstler?

Möglicherweise sogar so intelligent, dass er bald schon die Vorteile einer eigenen Schafherde erkannte und nutzte. Bleiben wir in der Provence, südlich von Manosque, der Heimat von Penelope. Heiß ist es dort und ideal für Herdentiere. Brauchen keinen Schutz vor Dauerregen. Gelegentliche Güsse schaden ihrem Fell nicht. Wolle ist fettig und weist Wasser ab. Zwischen den karstig gelöcherten Kalksteingebirgen immer wieder Grünes. Genug Futter für die Schafe. Seit ewigen Zeiten schon. Der Mensch noch nicht einer wie heute. Selbst ein Herdenmensch, im Begriff, sesshaft zu werden. Höhlen im Gebirge zum Standort machte. In die er immer wieder zurückkehrte nach seinen Jagd-Ausflügen. Höhlen, die er schmückte mit Bildern wie wir unsere Wohnung heute.

Sehr bald könnte er den mehrfachen Nutzen von Tieren entdeckt haben. Neugierig geworden durch Geschichten, die Reisende aus dem fruchtbaren Halbmond erzählten. Syrien, Irak, Lybien, Israel, Palästina und Jordanien. Mutterländer des Hausschafes seit ca. 8000 Jahren. Dort werden sie in Herden gehalten. Nach Methoden, die heute noch dieselben sind. In der Bibel spielt es als Lamm Gottes eine zentrale Rolle. In allen Erzählungen sind Schafe traditionell Mitglieder menschlicher Gemeinschaften.

Weil Schaf ein Nahrungsmittel ist. Wichtig zum Überleben. In Herden mit Nachwuchs-Reserven bis ultimo. Zerlegte es in Einzelteile, um an genießbares Fleisch zu kommen. Darum ging es. Fleisch wollten sie essen. Nachdem sie erfahren hatten, dass Fleisch die Muskeln stärkt und sie weiter springen konnten als bisher. Über Abgründe, stürzende Bäche. Ausdauer, wenn sie beim Jagen flüchtenden Wisenten Kilometer hinterherlaufen mussten. Auch wenn sie damals von Spurenelementen und Eiweiß nichts wissen konnten, wussten sie: Fleisch essen heißt stärker sein und ausdauernder.

Fanden dann rasch heraus, aus ungenießbaren Muskeln, Sehnen und Därmen Schnüre zu drehen. Kräftige Zweige von biegsamem Weidenholz mit ihnen zum Bogen zu spannen. Pfeile reichen weiter als Spieße, Wild zu erlegen. Den Hund an die Leine zu legen. Feinde zu fesseln. Aus Röhrenknochen Trinkgefäße zu schnitzen mit dünnscharfen Steinen. Die in Jahrmillionen von Gletschern der Alpen herabschmelzenden Gewässern glatt geschliffen wurden. Oder Kieselschiefer, den sie lernten mit hartem Basalt oder Gneis so lange zu bearbeiten, bis seine Kante scharf war wie ein Messer.

Sicher auch der Mensch der Provence erkannte, eine ganze Herde auf einmal schlachten ist Unsinn. Wohin mit dem Fleisch? Im heißen Klima verdirbt es schnell. Wasser friert in der Provence nicht zu kühlendem Eis wie in Norwegen. Also lässt er viele Schafe leben, in freier Natur weiden. So kann er auch ihre Milch nutzen, ihr Fell vielleicht. Trieb sie in Gehege, ihre täglich vollen Euter zu melken. Einfach ansaugen, den Lämmern abgesehen. Dann läuft 's von selber. Bis das Euter leer ist. Jetzt Milch trinken statt Wasser. Ihre Kinder damit ernähren, wenn Mutters Brust streikt. Oder sie entdeckten plötzlich, dass Milch nach ein zwei Wochen stockt, fester wird und anders schmeckt. Der erste Käse des Menschen entstand zufällig. Von Bakterien in der Luft gesäuert.

Heute mantschen Maschinen die Milch, marktgerecht, wie man annimmt. Kleben ein Etikett darauf mit dem Versprechen echt Bio. Stadtmenschen heute kennen Tiere nur von Bildern auf Packungen. Essen, trinken was ihnen schmeckt. Und denken nicht weiter nach. Immer noch muss der Mensch überleben. Fleisch ist unverzichtbar. Irgendwelche Leute jagen wilde oder züchten zahme Herdentiere, heute wie damals. Beiden muss das Fell abgezogen werden, um an ihr Fleisch zu kommen. Heute noch trennt man wie damals mit scharfen Werkzeugen das Fell vom zitternden Leib lebender Schafe und zieht es ab. Schmerzfrei mit superscharfem Schermesser.

Wir können uns gut vorstellen, dass es damals nicht lange dauerte, bis einer auf die Idee kam, nicht nur das Fleisch, sondern auch das Fell systematisch zu nutzen. Wetter und Jahreszeiten machten ihnen Freude und Kummer. Wie uns heute. Wechsel von Hitze und Kälte. Trockenheit und Regenperioden. Dagegen musste auch er sich schützen. Vielleicht war es so: Der frühe Mensch sah das wollige Schaf. „Was ein Schaf wärmt, muss auch mich wärmen" dachte er. Trennte das schmale Fell der Oberschenkel ab und band es sich um Kopf und Waden. Das von Rücken zum Bauch hing er sich über die Schulter. Das ganze Fell eines Schafes also ein guter Schutz, wenn Schnee fiel in den Hautes-Alpes , das Wasser zu Eis gefror in Teichen und Bächen.

Man muss sich vorstellen, in heißen Zonen liefen die Menschen nackt durch die Gegend. In Afrika, am Amazonas und auf einigen tropischen Inseln soll es heute noch Usus sein. Im Klima anderer Zonen brauchte man Kleidung. Das Wetter wechselt wie das sprichwörtliche Wetter. Im Süden Frankreichs lässt sich´s gut überwintern bei 10-12° Celsius. Aber der Mistral weht kalt und verlangt Jacken mit Kapuze. Am Polarkreis kleiden Eskimos sich nach wie vor mit Fellen von Robben. Die sie jagen, deren Fleisch sie essen. Wieder beim Fleisch.

Auch der Ureinwohner in Südfrankreich lernte schnell, Fleisch zu braten. Rohes, mühsam mit den Zähnen zerkautes Fleisch blieb zäh. Vielleicht war einer so schlau, es zu braten, um es mürbe zu machen. Eher aber brachte Freund Zufall ihn auf die Idee. In einem trockenheißen Sommer entzündeten sich Wald und Wiesen. Wie heute noch. Nicht alle Schafe konnten gerettet werden. Von Fell nichts mehr zu sehen, das Fleisch angeschmort. Aber der neue Geruch lockte ihn, ein Stück zu probieren.

Mensch fand heraus, mit dem Feuerstein Funken zu schlagen. Ein Feuer zu machen. Begann das geschorene, ausgenommene Schaf am Spieß über brennenden Holzscheiten zu rösten. Oder auf heißem Stein Stücke zu braten, die er mit einem Faustkeil aus dem Leib geschnitten. Schaute zu, wenn es Farbe annahm. Braun und brauner wurde und verlockend duftete. Sie brieten alles feste Fleisch der geschlachteten Tiere. Aus Eingeweiden kochten sie Suppen. In Europa jahrhundertelang die Speise von Armen. Im alten Rom und heute wieder beliebt Leber, Nierchen und Kutteln. In der ganzen zivilisierten Welt begehrte Delikatessen.

Keulen und Rippchen von jungen Lämmern immer schon gern gegessen. Damals und heute. Von Gourmet-Köchen braunkrustig gebrutzelt mit Zwiebeln und Rosmarin gedüngt. Auf schneeweißen goldgeränderten Tellern mit grünem Feldsalat umlegt, ein

Hochgenuss. Für Augen, Nase und Gaumen. Nur noch vom Hummer zu toppen.

Es sind die Gene in uns, die uns den Hunger bescheren. Appetit auf Fleisch wecken. Trotz Propaganda von Vegetariern. Gene, die uns im Winter frieren lassen. Animieren, Mützen und Schuhe mit Fellbesatz anzuziehen. Socken und Pullover aus der Wolle von Schafen. Schuhe aus der Haut von Rindern. Handschuhe und Taschen aus fein gegerbter Haut von Kälbern. Trotz Protesten von Tierschutzvereinen.

Eine clevere Industrie zieht die Konsequenz. Produziert Pelze und Stoffe aus Kunstfaser. Billiger als Naturpelz. Alle tragen Pelz, weil Pelz Mode ist. Pelzbesatz an Kragen, Ärmeln, Jackenrändern. Schuhe pelzgefüttert, Taschen echsenähnlich nachgemacht. Pelz gefasert oder aufgedruckt. Pelz zur Schau tragen ist eine Sache.

Die weiche Wolle von Tieren auf der Haut fühlen die andere. Unübertroffen, zärtlich geradezu von Fuchs, Hermelin, Chinchilla, Opossum. Favoriten unter den Schafen das Karakulschaf und das Merinoschaf. Persianer und Merino Markenzeichen für Qualität. Oder Geldbeutel?

Unsere Penelope ist ein ganz gewöhnliches Schaf. Nicht mehr im Urzustand, wenn man so will. Aus

dem Wildschaf ein ganz normales Hausschaf geworden. Wie bereits gesagt Nachfahre der Ziege. Säuge-
tier mit Euter wie diese. Das ist aber schon alles, was
sie gemeinsam haben. Penelope ist trächtig. In ihrem
Ei Samen eines Widders der Herde. Einschließlich
seiner Gene. Ihre eigenen versuchen sich zu erinnern.
Um zu ahnen, was es für ein Lämmchen ist, das
kommen muss. Lassen wir die Frage offen, ob Gene
denken können. Gefühle haben wie ein erwachsenes
Schaf. Wie ein Mensch. In der Fantasie ist alles möglich. Der Kalender zeigt das Jahr 1356. Damals galt
der Julianische Kalender. Von Julius Caesar, dem
römischen Staatsmann und Feldherrn eingeführt, das
Jahr in Monate, Wochen und Tage zu teilen. Der besseren Übersicht wegen. Den Zeitpunkt für den Krieg
in Gallien exakt zu planen. Die nächste Rede im
Consulat. Es dauerte noch zweihundert Jahre, bis
Papst Gregor VIII. den nach ihm benannten Grego-
rianischen Kalender einführte. Der immer noch gilt.
Seit 1958 sogar in China.

Gen im Haar eines Schafes, das ein Wollfaden wird
eines Tages, denkt an andere ihrer Art. Von denen es
heißt, sie seien elastisch, wasserabweisend. Man kann
mit ihnen fast alles machen was man will. Zu Garn
spinnen und um die Hand wickeln. Mit Hilfe von
zwei Nadeln Pullover stricken, Deckchen häkeln. Mit

einer Nadel Strümpfe stopfen. Aber auch auf Spulen wickeln. In hölzernen Schiffchen hin und her ziehen. Dass sie sich mit Kettfäden aus Baumwolle verbinden zu einem Gewebe. Und ein Tuch werden. Band oder Teppich.

Sollte das alles sein? Nicht mehr? Das Gen kann sich nicht vorstellen, dass aus Wollfäden Bilder werden. Mit Blumen, Figuren und Ornamenten in prächtigen Farben. Bewundernde Menschen davor. Fast ein wenig enttäuscht. Sagt sich, warte es ab. Vielleicht ist das komplizierte Fadengeschlinge Werk einer Hexe. In dem ein Frosch gefangen darauf wartet, befreit zu werden. Wie in Grimms Märchen. Ach, könnte ich doch der Prinz sein.

Ahnungen im Mutterleib

Das Sperma des Widders war gesund wie das Ei, das es befruchtete. Ein winzig kleiner Embryo bewegt sich. Wäre Penelope eine moderne Menschenfrau, ginge sie zum Gynäkologen. Herauszufinden, ob alles in Ordnung ist. Ein Junge oder ein Mädchen wird. Und was sie tun und besser lassen sollte. Die Schwangerschaft gut zu überstehen. Der mögliche Termin der Geburt schon mal im Kalender notiert. Urlaub fällt dann aus.

Alldieweil Penelope aber ein Schaf ist, muss sie sich in Geduld üben. Ihr Tagwerk erledigen. Fressen, saufen, laufen mit anderen, wohin Hund und Hirte sie treiben. Nichts ändert sich. Schafe hat ihr Schöpfer mit großer Geduld gesegnet. Dass sie Vorbild wurden für aufgeregte Menschen. Redensarten entstehen: „Viele geduldige Schafe passen in einen Stall." Eng aneinander gedrängt fühlen sogar hunderte sich wohl. Acht Menschen aber in einer kleinen Aufzugskabine kriegen Platzangst. Wollen fliehen, wenn sie nur könnten.

All das erlebt Penelopes Baby hautnah. Es spürt, wenn Mama frisst, trinkt, rennt wie mit allen anderen um ihr Leben, nähert sich ein Fuchs. Es wackelt und schaukelt die Fruchtblase hin und her. Ob Embryos schon denken? Bei Menschen existiert bereits die graue Masse im Köpfchen, Gehirn genannt. Ob die Neuronen schon aktiv sind? Auch Lämmchen im Mutterleib haben ein Köpfchen. Und so etwas wie Gehirn darin. Wie man in Computer-Tomographien sieht. Nun ist tierische Intelligenz strittig. Nicht vergleichbar mit der des Menschen. Aber spüren müsste es was. Neues, das sich anbahnt. Sie drängt, die Fruchtblase zu sprengen. Endlich atmen können. Und davon laufen. Endlich.

Sentiment ist wichtiger als denken. Grundlage aller Kultur, behauptet Michel Henry, ein französischer Philosoph. Unsere Welt ist einseitig naturwissenschaftlich orientiert. Alles wird berechnet. Den Ergebnissen geglaubt. Nicht der Bibel, dem eigenen Gefühl. Zahlen sind wichtiger geworden als Gefühle: Liebe, Hass, Sehnsucht, Trauer, Leidenschaft, Neugier, Angst und Mut. Die es immer schon brauchte, Unerhörtes zu denken, in Hörsälen zu deklamieren. In Büchern zu formulieren, in Bildern und Plastiken zu visualisieren. Mit Musik Menschen glücklich zu machen. Kultur kommt aus dem Gefühl, nicht aus dem Verstand. Wie das Kind aus dem Bauch der Mutter – ein Wunder, das man nicht hoch genug werten kann.

Man weiß, auch Tiere haben Gefühle. Kennen Lust und Angst. Und die Gier zu fressen, sich zu begatten. Was sie überleben lässt. Und eine unausrottbare Freude am Leben. Penelope freut sich darauf, den Ballast im Leib los zu werden. Und ihr Baby freut sich auf die Welt. Wie immer sie beschaffen sein mag.

Sonne wärmt, das Leben beginnt

Es ist Herbst. Noch warm die Erde vom Sommer. Penelope im Stall auf weichem Heu. Erwartet den Nachwuchs. Knecht und die achtjährige Tochter des Bauern stehen dabei und schauen zu. Es ist immer ein Wunder, wenn neues Leben auf die Welt kommt. Sich mühsam quält wäre besser gesagt. Es sind nicht die Babys, sondern die Mutter, die sich abquält, all das Drängende loszuwerden. Endlich befreit aufatmet, Seufzer fahren lässt, einen oder zwei. Während ihre Augen schon die Kleinen suchen. Steht auf, die Beine gespreizt und schon saugt es an ihren Zitzen. Zwei Lämmchen auf jeder Seite. Ein fünftes steht auf dem Sprung. Wackelig auf seinen zitternden Beinchen. Halt suchen nach so langer Ruhepause im Bauch der Mama. Wendet ihren kleinen Kopf nach rechts, nach links, ob nicht doch noch eine fünfte Zitze da ist. Durchs kleine Fenster blitzt ein Sonnenstrahl. Alles wird gut.

Mama Penelope blickt stoisch in die Luft Auch sie muss sich erst daran gewöhnen, abgelutscht zu werden. Ihre erste Geburt. Es zieht und zupft, tut aber nicht weh. Die kleine Tochter hat ihren zweijährigen Bruder im Ohr: „es hört sich an wie Jean, wenn er am Schnuller suckelt." Sie hat Recht. Suckelt pausenlos, ohne Atem zu holen, könnte man meinen. Schnell,

schnell, es könnte nicht genug sein. Wenn Babys gesund sind, saugen sie mit kurzen Pausen von morgens bis abends. Sind sie krank, fühlen sich nicht wohl, wehren sie die Flasche ab, wenden den Kopf zur Seite. Lämmchen legen sich einfach hin ins Stroh. Ihre Mama beugt sich über sie und streichelt sie mit ihrer Zunge. Solange, bis sie wieder aufstehen. Und dauerte es eine ganze Nacht.

Noch sind sie nackt die fünf. Doch schon nach wenigen Wochen schimmert Flaum. Seidig könnte man meinen. Kaum zu erkennen, dass es Haare sind. Knapp einen Millimeter lang, höchstens. Nur sensible Hände fühlen dieses Neue. Das eines Tages lang und länger wird und sich kräuselt. Ein Fell ist, wie wir es kennen. Oder zu kennen glauben. Wer von uns modernen Menschenkindern sah je ein lebendes Schaf, ein neu geborenes Lämmchen? Was man nicht in Natura sieht, kann man nicht wirklich glauben. Und das unsagbare Gefühl auf der Hand spüren, wenn man es streichelt. Deshalb predigen Natur-Apostel: Zurück zur Natur. Richten Streichel-Zoos ein. Damit Kinder streicheln lernen. Erkennen, dass es Anderes, Schöneres gibt als Computerspiele und die Sendung mit der Maus.

Im 19ten Jahrhundert wollte schon ein Jean Jaques Rousseau „Retour à la Natur." Schrieb Bücher noch und noch zum Thema. Bis auf die Literaturwissenschaft interessiert sich heute niemand mehr für Jean Jaques. Industrielle Revolution und später die Globalisierung haben alles niedergewalzt. Natur verdrängt einschließlich frei umherziehender Rinder mit ihrem Nachwuchs. Frei nur noch auf einsamen Weiden im Hochgebirge. Auf immer weniger Grün zwischen ausufernden Städten. Die größte Freiheit haben sie noch in Pampas, auf schier endlosen Weideflächen Nord- und Südamerikas. In den sheep-stations die Schafe Australiens und Neuseelands.

Im engen Europa, auch in Deutschland gezüchtet heute zu tausenden in engen Ställen. Fleisch oder Milch zu produzieren, Umsatz und Gewinn zu bringen. Größere Schafherden existieren nur noch in abseits gelegenen Landschaften Deutschlands. Schleswig-Holstein, Lüneburger Heide, Bayern und Baden-Württemberg. In einigen Provinzen Frankreichs. Jede Gegend beeinflusst Geschmack und Qualität. Fleisch, Milch und Wolle der Tiere.
Das Sisteron-Lamm aus der Provence ist berühmt. Zart, feinfaserig und aromatisch sein Fleisch. „Agneau de Sisteron" darf nur das Fleisch von Lämmern genannt werden, die einer der drei Rassen angehören: Mérinos d' Arles, Monérous und Préalpes du Sud. Die von ihren Müttern in der Region um Sisteron

27

zwei Monate mindestens gesäugt wurden. Traditions-
bewusste Landwirte und ihre Hirten hüten, pflegen,
scheren und führen sie zur Schlachtbank. Herdenbe-
sitzer und ihre Mitarbeiter leben nicht schlecht von
dem Erlös. Tun alles, um die Rasse zu erhalten.

Das dicke Fell muss weg

Nach vier, fünf Monaten sind unsere fünf jetzt ins Teenager-Alter gekommen. Tollen herum, suchen Futter und fressen, meckern mit ihren hellen Stimmchen. Zupfen gegenseitig an ihrer Wolle, die länger wird und länger. Länger als drei Zentimeter sind die Haare schon. Beginnen sich zu krümmen. Mama Penelope schaut zu. Glücklich, alle gesund zu sehen. Ende Jahr werden neue Babys kommen und sie nötiger brauchen.

Spätestens im sechsten Monat kommt der Scherer mit der Sichel. Auch Haare von Schafen sind wie die von Menschen und anderen Tieren lange Hornfäden hauptsächlich aus Keratin. Mit vielfachen Qualitäten: Zugfest, dehnfähig, wasserabweisend und schwer entflammbar. Der Begriff Haar umgedeutet aus dem Lateinischen vellus, heißt gerupft, geschoren. Verwandelt ins deutsche Vlies, zusammenhängendes Stück Wolle eines Hausschafes. Anlass, eine Geschichte zu erzählen.

In der Mythologie der alten Griechen spielt das „Goldene Vlies" eine große Rolle. Das Fell eines goldenen Widders, der sprechen und fliegen konnte. Chrysometes sein Name. Böotiens König Athamas war seiner Frau Nepheles überdrüssig. Trennte sich und heiratete Ino, eine jüngere Frau. Die aber hasste ihre Stiefkinder. Tochter Helle, besonders ihren Bruder Phrixo, den Thronerben. Nepheles rief die Götter um Hilfe. Gott Hermes (Götterbote in der Antike) half schnell. Schickte ihr Chrysometes, den goldenen Widder.

Der nahm die Kinder auf seinen Rücken. Stieg steil auf in die Luft und düste nach Osten. Richtung Meerenge zwischen Europa und Asien. Als der Widder sich in einer scharfen Kurve neigte, stürzte Helle ins Meer. Die Stelle seitdem Hellespont genannt. Helle der hohen See auf Deutsch. Dardanellen der Name heute. Für die Meerenge zwischen Ägäis und Marmarameer. Türkisches Hoheitsgebiet.

Phryxos setzte er in Kolchis ab, einer Landschaft am Fuße des Kaukasus, nahe das Schwarze Meer. Deren König Aietes hieß sie willkommen, froh und dankbar für die Rettung des Knaben. Nahm ihn bei sich auf. Erzog ihn wie einen eigenen Sohn. Den Widder opferte er Zeus, dem höchsten aller Götter. Bekam zum Dank dessen goldenes Vlies. Ließ es im Hain des Gottes Ara aufhängen. Bewacht von einem Drachen, der groß war wie ein Schiff. Und niemals schlief.

Argonauten wollten das Vlies rauben, aber das ist eine ganz andere Geschichte. Streitereien und Frauengeschichten das Thema. Aufschlussreich ist die

Vermutung Stratons, eines altgriechischen Geschichtsschreibers: Hinter dieser Sage stecke die Gier der Griechen nach Bodenschätzen am Schwarzen Meer. Noch im 2. Jahrhundert n. Chr. führten die Flüsse des Kaukasus Goldstaub mit sich. Einheimische Bewohner hängten Schafsfelle ins strömende Wasser. Sodass sich der Goldstaub in der dichten Wolle verfing, das ganze Fell wie vergoldet schimmerte.

1430 gründete Herzog Philippe der Gute von Burgund den Orden vom goldenen Vlies. Frühere Ritterorden erinnernd. 40 Jahre später verliehen die Kaiser des Heiligen Römischen Reiches Deutscher Nation den „Orden vom Goldenen Vlies" als Auszeichnung für Verdienste. An Fürsten, Grafen und Bürger im Habsburger Großreich. Nach 1958 nur noch Österreichern verliehen. Die goldene Halskette mit dem goldenen Vlies als Anhänger, in der Größe des letzten Goldtalers. Mit dem Abbild Kaiser Franz Josef I.

Nach diesem Zeitsprung wieder zu Fasern, aus denen Stoffe hergestellt werden. Stoffe aus Haaren von Schafen und Ziegen nennt man Wollstoffe. Aus Blattfasern des Lein gewebte Stoffe Leinen. Wolle heißt auf Spanisch *Lana*. Ähnlich in vielen Sprachen. Französisch: *Laine*. Portugiesisch: *Lã*. Rumänisch: *Lânăl*. Klingt wie Leinen, gemeint aber ist die Wolle. In jedem Wörterbuch nachzulesen. Namen für Stoffe, die aus unzähligen Wollfäden gewebt sind. Am Rande vermerkt: Leinen heißt auf Französisch toile. Auf Portugiesisch *Linho*.

Im Laufe der Jahrtausende änderten sich Material und Farbigkeit von Bekleidung und Raumschmuck der Menschen. Schon in der Bronzezeit begann man Wolle statt Leinen zu verarbeiten. Die ersten tauglichen Stoffe und Teppiche kamen aus Vorderasien. Der Name des Teppichs sagt, woher er kommt: Perser, Belutschistan, Afghane, Keman, Täbriz. Römer liebten die weiße Wolle von Lämmern. 40% Anteil musste sie haben im Gewebe. In England sitzt der Speaker-Lord im Oberhaus auf einem Woolsack. Symbol der frühen wirtschaftlichen Bedeutung von Wolle. Mit der die klugen Briten schwunghaften Handel trieben. Gewinne kassierten und Steuern zahlten.

Anfangs kannte man nur Wildschafe. Nutzte das lange Deckhaar mit langen Zotteln und Fransen so gut es ging. Um sich ein Bild von ihnen zu machen, fährt man nach Minden-Rodeneck. In einem Naturschutzgebiet lebt eine Rasse, die keine Züchtung verändert hat. Herde mit wenigen Widdern und vielen Weibchen. Lämmer springen herum in freier Natur und blöken, wenn 's ihnen Spaß macht. Ihre zotteligen Haare ungepflegt. Bräuchten dringend einen coiffeur, äußerte sich ein Besucher.

Irgendwann wollte man ein Vlies haben. Das zusammenhängende Fell eines Schafes. Um es sich wie einen Mantel über die Schulter zu hängen im Winter. Als Unterlage beim Schlafen. Züchtete über längere Zeiträume die langen, meist dunklen Deckhaare zurück. Wechselten häufig die Nahrung, den Haarwuchs zu beeinflussen. Solange, bis die Deckhaare immer mehr verschwanden. Der bis dahin jährliche Haarwechsel fand nicht mehr statt. Sodass nur kurzhaarige Wolle übrig blieb für die Schur. Das Fell ein Vlies sein konnte. Wollschaf nannte man das neue Schaf.

Jetzt kommt der große Augenblick. Wird Penelopes Töchtern jetzt das Fell über die Ohren gezogen? Nein, Lämmer sind keine Karnickel. Mit scharfem Messer, das wie ein Halbmond aussieht, beginnt der Mann. Sichelt das wollige Fell ruckzuck vom ganzen Leib. Und bald kann es weiter verarbeitet werden. Runter von der Haut muss sie sowieso. Wächst sonst zum dicken Pelz. Im Sommer würde es für das Schaf höchst unangenehm. Schwitzt, es juckt und kann sich nicht helfen. Krankheiten können entstehen. Unsere fast erwachsenen Lämmer überstehen die Prozedur.

Ihr kurzes Mäh klingt erleichtert. Hüpfen, springen davon.

Auch ist es an der Zeit, ihnen einen Namen zu geben. Wie sollen sie denn heißen? Damit wir sie auseinanderhalten können auf ihrem Lebensweg. Es sind fünf Mädchen, kein Knabe, der ein Widder wäre mit klitzekleinen Hörnern über der Stirn. Die Tochter des Bauern, sie heißt übrigens Isabelle, spontan: „Lilly, Maggy, Lury, Ondry und Pele." Als hätte sie sich lange schon Gedanken gemacht. Pele weil sie ihrer Mama Penelope am ähnlichsten sieht. Mit etwas schräg stehenden Augen, der rosa Unterlippe, dem kurzen Stummelschwänzchen. Die meisten sind zwanzig Zentimeter lang. Mal gespannt, was aus ihr wird am Ende. Wir werden sie auf ihrem Lebensweg begleiten, bis wir es genau wissen. Denn Pele ist das Schaf, von dessen Wolle die Rede sein wird. Seine Haare gefärbt, zu Fäden gesponnen, in Bildern eines riesengroßen Teppichs verwebt. Aber bis dahin passiert noch viel, über das zu berichten lohnt.

Streichelweich der Flaum

Um wunderweiche Wolle zu gewinnen, ist es unverzichtbar, ein bestimmtes Prozedere einzuhalten. Bei Pele nicht anders. Sie wehrt sich anfangs, bockt, als sie ins Gatter getrieben wird. Ein Mann sie an den Hinterbeinen fest hält, der Scherer seine Arbeit beginnt. Dann geht alles sehr schnell. Das ganze Fell rutsch rutsch abgeschoren, getrennt von Peles Leib. Es war erst der Anfang dieses Prozesses. Während Pele schnell das Freie sucht, weiter zu fressen, blökt dann und wann, fühlt sich das Haar von Peles Wollvlies regelrecht aus der Fassung gebracht.

Nach dem Scheren gewaschen, gezupft und ausgekämmt. Kardiert, in parallelen Strängen ausgerichtet. Es weiß nicht, dass man sie mit allen anderen Fasern bleichen wird, gegebenenfalls färben. Dann erst können längere Haare zu Kammgarn versponnen werden für feine Stoffe. Kürzere zu Streichgarn für gröbere Gewebe. Beim Spinnen entstehen lange Fäden, die dann gewebt, gestrickt oder geknüpft Stoff, Bekleidung oder Teppich werden. Ihre weiche, elastische Natur bleibt erhalten. Egal, was daraus wird letzten Endes. Mensch fühlt sich wohl unter der Wolle. Sie hält die pulsierende Wärme im Körper. Aber nicht nur:

Ein Pullover mit V-Ausschnitt oder Rollkragen schmeichelt Hals und Oberkörper. Füße in Socken möchten nicht aufhören zu tanzen. Handschuhe lassen den kältesten Winter wie Sommer erleben. In Decke gewickelt will niemand mehr aufstehen. Schal ein Wohlfühlschal. Auf buntem Teppich liegen und träumen von Tausend und einer Nacht. Ja, es ist wirklich so: Wohl fühlt sich alles, was Wolle berührt. Die von Merinoschafen besonders. Übertroffen nur noch vom feinsten Bauchhaar der Ziegen aus Kashmir. Wer es nicht kennt, merkt spätestens am Preis, dass es höchste Qualitätsstufe ist.

Konkurrenz zwingt Hersteller billigere Ware anzubieten. Pfuschen dabei geschickt, wie sie meinen. Mischen feiner Kashmir-Wolle billige Baumwolle oder Kunstfasern bei. In der Annahme, ein Kashmir-Etikett genügt. Erlaubt ist es aber nur dann, wenn mindestens 82% Kashmir im Pullover ist. Hohe Strafe droht, wenn 's weniger ist.

Auch Teppiche aus Wolle von Schafen können von hoher Qualität sein, wenn man ihre Vorzüge konsequent nutzt: Dehnbarkeit, Resistenz gegen Feuchtigkeit und Haltbarkeit von Gewebe und Farben. Orientteppiche haben Jahrhunderte überlebt. Ihre Farben leuchten wie am ersten Tag. Aber auch Auslegeware z. B. von Vorwerk. Produziert sie in Platten oder auf Rollen. In vielen Farben und Qualitäten. Es macht Spaß, barfuß auf ihnen zu laufen. Kommt sich vor wie Adam und Eva im Paradies.

Irgendwann tauchte ein Teppichhaus auf, das sich Paradies nennt. „Teppichparadies" leuchtet über dem Eingang in grellroter Leuchtschrift. Billig ist 's. Qualität wird vorgespielt. Niedrige Preise sollen locken. Der richtige Name soll hier nicht genannt werden. Es könnte zu einem Prozess kommen. Und unsere Geschichte anders ausgehen lassen als vorgesehen.

Höchste Zeit aber, auch Peles Wollhaar einen Namen zu geben. Einleuchtend, dass es nicht ein einzelnes Haar ist, sondern Sammelbegriff für alle Haare aus Peles Fell. Bleiben aber bei einem, um der Geschichte eine persönliche Note zu geben. Dieses Haar wird eine so große Rolle spielen, dass unverantwortlich wäre, es pauschal zu behandeln. Nennen wir also das Haar aus Peles Wolle Laine. Wie Franzosen Wolle nennen. Laine aus der Provence. Passt!

Warten im dunklen Sack

Geschoren fühlt sich Laine allein. Nicht mehr auf warmem Leib der Mama. Abgeschnitten, ihrer Wurzeln beraubt quasi. Vermisst die natürliche Ordnung um sich herum. Die vertraute Gesellschaft lebendiger Haare. Hunderte ja Tausende mochten es sein, die jetzt wie Laine bekümmert herumstehen. Noch brav beieinander wie von Geburt an. Aber sich keine verrückten Geschichten mehr erzählen wie früher. Von dem, was kommen könnte. Eng aneinander gekuschelt, sodass alle sich wohl fühlten. Ob das Wort wohl von Wolle kommt? Jetzt wirken sie wie leblos, abgeschnitten von allem Lebendigen. Ihr Vlies mit anderen Vliesen zusammen geknüllt in Säcke gefüllt, ins Lager gebracht. Ein Sack neben dem anderen, hintereinander, übereinander gestapelt. Lauter Säcke mit drin, was man nicht sieht.

Das kleine Etikett mit fremden Bezeichnungen, die nur Händler kennen. Die sie kaufen und vertreiben an Betriebe, die Wolle weiter verarbeiten. Laine, das von uns ausgesuchte und personifizierte Haar von Pele soll uns jetzt mehr interessieren als andere, die noch in den Säcken warten. Auf das, was sie nicht kennen. Weder erlebten, wie es sich anfühlt, gewaschen, gezupft, mit anderen Haaren kardiert und in die Länge gezogen zu werden fürs Spinnen. Wie aus ihnen ein Garnfaden wird, auf eine Spule gewickelt. Im Garn versteckt, sodass Menschen es nicht sehen, nur fühlen können.

Die Zukunft ist ungewiss. Und voller Rätsel. Laine krümmt sich, streckt sich wieder, soweit Enge im Sack es zulässt. Sich zu entspannen. Als ahnte sie, was auf sie zukommt. Genau das Gegenteil von dem, was sie erwartete. Es wird spannend wie ein Krimi. Es lärmt draußen. Stimmen, Lachen. Kräftige Männerhände heben den Sack hoch. Dieses Leichtgewicht von geschorener Schafswolle. Lassen es auf den Boden eines Karren fallen wie einen nassen Sack. Als wäre es ein Sack Kartoffeln. Offenbar schadet diese Schubserei der Wolle nicht.

Schnell spürt Laine neue Säcke neben sich, hinter sich. Andere offensichtlich als vorher. Es kommt ihr vor, sie röchen anders als die in ihrem Sack. Aus anderem Stall, von anderen Herden. Dann Pferdehufe scharren im Sand. Männerstimmen. Noch steht der Karren still. Wind weht und lässt die Plane knattern über ihnen. Die Säcke vor Regen zu schützen. Stehen wie Säcke stehen meistens. Aneinander gelehnt. So eng, dass keiner sich selbstständig machen kann. Nicht einmal umfallen. Dann knallt die Peitsche, Ein harte Stimme ruft: „Allez hopp" ab marsch!" Zurück bleibt, was sich nicht vorwärts bewegt. Ställe, Bauern, Scherer und Mama Pele mit ihrem dicken Bauch.

Sie rollen. Zwei Camargue-Pferde schütteln Hals und Mähne, dass die Glöckchen schellen am Geschirr. Setzen sich in Bewegung. Geben ihr Bestes, den Wagen weiter zu bringen. Traben schneller, als die Peitsche nochmals knallt. Schneller, schneller. Es ist, als wollten sie davon galoppieren. So plötzlich zieht 's nach vorn, dass der Sack mit Laine umgefallen wäre. Stände nicht ein anderer Sack hinter ihr. Und hinter diesem die hölzerne Rückwand des Karrens.

Camargue-Pferde sind es. Zwei in diesem Fall. Sie sind ausdauernd und anspruchslos. Um die Zeitenwende im Rhonetal zum ersten Mal gesehen. Bald schon Zug- und Arbeitspferde in ganz Südfrankreich. Laine klammert sich, immer noch ängstlich, an ihre Artgenossen im Wollgewirr. Alles bewegt sich leicht, zittert dann und wann. Zur Ruhe kommt es nicht. Fahrtwind weht die Plane am Heck hoch. Lässt Staubwolken von einem sehen, der nicht in einem Sack versteckt wurde. Gäbe es ihn. Transportiert zu werden nach Irgendwohin.

Es dauert und ruckelt unentwegt. Dunkel um sie herum, Wollhaare leuchten nicht. Auch wenn sie von Natur aus hell sind. Zusammengepfercht auf engem

Raum ist Leben eine einzige Katastrophe. Ging Laine durch den Kopf, wäre sie ein Mensch. Keine Chance, ein Individuum zu bleiben. Haar mit den Genen von Pele, ihrer Mama. Von Penelope, der geliebten Großmama, einem unbekannten Vater. Und trotzdem allein. Es kommt ihr vor, viele Haare sind der Feind des einzelnen. Es sei denn, Mensch verwebt alle zu wunderschönen Bildern in einem einzigen Teppich. Integrieren nennt man es heute, wenn ein Volk fremde Menschen in seine Gemeinschaft aufgenommen hat.

Plötzlich ruckelt der Wagen, bleibt stehen. Man hört Geschrei. Immer lauter wird das Geschrei: „Hilfe, Hilfe, Sanitäter!" Angst erfasst Laine. Was ist passiert? Es riecht so komisch. Ähnlich wie die flackernden Petroleumlampen im Stall. Hoffentlich brennt es nicht. Schafhaare sind zwar schwer entflammbar, aber lange gezündelt schmelzen sie doch. Was Laine nicht sehen kann: Eine kleine Bauernkate, seitwärts der Straße, hatte Feuer gefangen. Vielleicht ein glühender Holzspan aus dem Kamin auf die Strohmatte gefallen. Mann auf dem Feld, nicht im Haus. Frau rennt hinaus auf die Straße, stürzt und schreit. Straße, auf der sie fuhren bis zu diesem Moment. Wie vom Schicksal gestoppt stehen bleiben mussten. Die Funken könnten herüberschlagen.

Die vollgestopften Wollsäcke entzünden, wenn jetzt nichts geschieht.

Der Kutscher, wie der Blitz vom Bock, rennt zum Brunnen. Schöpft Wasser aus der Tiefe mit einem Eimer. Schüttet es in die Flammen, die sich wehren und aufgeregt züngeln. Nach allen Seiten ihre weißglühenden Spitzen strecken, Brennbares zu erwischen. Ein Nachbar eilt herbei, ein junges Mädchen, Eimer in der Hand. Holen Wasser aus dem Bach hinter der Kate. Zu dritt schaffen sie es, die Flammen zu ersticken. Die Frau des Nachbarn kümmert sich um die Gestürzte. Es kann weiter gehen. Die Spinnerei wartet. Der Termin wird eng.

Laine hat von allem nichts mitbekommen. Angenommen, nur angenommen, sie wäre ein Mensch, hätte sie sofort geholfen. Zu löschen, den Arm der Frau zu verbinden. So aber bleibt sie ein Fädchen aus Wolle. Fell von Pele gewesen. Was mag noch kommen?

Es kitzelt beim Ziehen und Drallen

Garnfäden spinnen eine der ältesten Techniken bei den Menschen. Den Spinnen abgeguckt. Die hauchdünne Fäden aus ihrem Hinterleib spritzen wie aus Düsen. Sie sind stärker als Nylon, Carbon, fest wie Stahl. Aus denen sie Netze bauen zu einem Kunstwerk, dessen Zentrum die größte Dichte aufweist. In dem sie auf ihr Opfer wartet. Kein fliegendes Wesen kann sich sich aus dem Fadennetz befreien. Austariert so genau, dass sie den stärksten Stürmen standhalten. Den Fluchtversuch selbst der dicksten Hummel verhindern. Als hätten Spinnen in Physik und Geometrie eine Eins gehabt.

Weil aber Menschen keine Spinnen sind – selbst wenn sie spinnen dann und wann – blieb ihnen nichts anderes übrig als das Spinnrad zu erfinden. Räder gab es schon lange. Plötzlich wusste einer wie man 's macht. Eine Frau, höchst sehr wahrscheinlich. Wenn man Friedrich Schiller Glauben schenkt: „Ehret die Frauen, sie flechten und weben himmlische Rosen ins irdische Leben".

Zurück zum Spinnrad. Im Laufe der Zeiten die Methode verbessert. Auf dem neuesten Stand die Spinnerei der Familie Prévot in L'-Isle-sur-la-Sorgue. Sechs Spinnräder mit sechs Frauen, die wissen, was zu tun ist. Vor dem Spinnen haben andere die angelieferten

Wollvliese bereits gewaschen, Schmutz, Fremdkörper und überschüssiges Fett entfernt. Ungeeignete Faserklumpen aussortiert. Sauber ausgezupft und kardiert. Das heißt, in gleichmäßig parallele Stränge gezogen, um sie zum Färben weiterzugeben, wenn Auftraggeber es wünschen. Von da in die Spinnerei. Wo sie auf Nocken am Spinnrad gehängt zu Garnen gesponnen werden. Wie hier bei Prévot.

Laine hat das alles neugierig verfolgt. Spaß hat 's ihr gemacht, gewaschen, verzogen und kardiert zu werden. Es kitzelte so angenehm. Wie wenn Peles Zunge ihr Fell leckte. Um Ungeziefer zu vertreiben oder zu schlucken kurzerhand. Schafe sind Pflanzenfresser, wie man weiß. Aber niemand weiß, wie viele unaufmerksame Käferchen oder Spinnlein sie mit ihren Lippen erfassen. Mit dem Gras vermischen, fein zermahlen mit den Zähnen und runterschlucken.

Sehr angenehm war es, im großen Farbbottich herumgerührt zu werden. Und zusehends aus ihrer grauweißen Wolle peu à peu Rosa wurde, rosa wie die Blüten der Zistrose. Die Mama Pele nie fraß, weil sie Rosa liebte. Ihr Vergnügen wird ein richtiges Vergnügen, als sie jetzt zum Garnfaden wird. Das Spinnrad sich dreht, angetrieben von einem Pedal, das die Frau bewegt. Ähnlich wie den Blasebalg an alten Orgeln oder Schlauchbooten heute. Gleichzeitig dreht sich der Spinnflügel im Gestell. Dreht sich dabei so schnell, wie die Frau es haben will. Dreht und spannt die Haarstränge so lange, bis sie, in die Länge gezogen, immer dünner werden. Die gewünschte Garnstärke erreicht ist. Laine wird ganz schwindelig von der Dreherei. Immer wieder gezogen, gespannt und gekitzelt. Bis aus dem wolligen Wust ein schlankes Garn geworden, auf eine Spule gewickelt ist. Es bleibt nicht aus, die Frau berührt sie am laufenden Faden. Weil Laine beim Drehen immer mal wieder an der Außenseite des Fadens landet. Ihr ist, als streichle sie die Gottesmutter. In der Bibel Mama ihres Sohnes Jesus, den sie Lamm Gottes nennen.

Das Christentum hatte schon früh in der Provence Fuß gefasst. Mönche bauten stille Klöster. Zu beten, Land fruchtbar zu machen und die Texte des Neuen Testaments auf Pergament zu schreiben. Zu schmücken mit farbigen Initialen und Bildern. Sogenannten Miniaturen. Pergamente sind dünn gewalzte, präparier te Kalbs- oder Schafshäute. Die Klöster Thoronet, Sénanque und Silvacan bekannt durch Pergamente mit Noten von Psaltergesängen. Mehr noch wegen ihrer aufs Wesentliche reduzierten Bauform. Aus hellen Steinen der Umgebung. Unvergesslicher Anblick inmitten blühender Lavendelfelder. Andachtsstätten für das Volk. Auch davon weiß unser Schafshaar nichts.

Auch nicht, dass in Nonnenklöstern Wolle gesponnen und weiterverarbeitet wird. Die kurzen Fäden zu

Streichgarn für grobe Gewebe, Schals oder Mützen. Längere zu Kammgarn für fein gewebte Stoffe, Hemden und Kleider. War Lavendel verblüht und Gras wieder gewachsen, konnten Schafe weiden. Große Herden in der Gegend. Und Menschen, die warme Pullover brauchen, wenn mitten im Sommer plötzlich ein kalter Mistral bläst. So heftig, dass die Blätter hoch in die Luft wirbeln. Nicht ausgeschlossen, dass Laine eines Tages Streichgarn geworden wäre. Aus diesem Garn ein Pullover. Ein unsichtbares, aber spürbares Fädchen im Strickwerk des Menschen. Aber das Schicksal hat anderes mit ihr vor.

Noch ein Wort zum Spinnen: Für die Bearbeitung auf mechanischen Geräten müssen die Haarfäden, wie beschrieben, vor dem Verspinnen zu einem gleichmäßigen Strang gerichtet werden. Für anspruchsvolles Kammgarn mindestens acht, für Streichgarn zwei Zentimeter lang sein. Andere Fasern, Baumwolle, Flachs und Hanf werden auf spezielle Art verspannt. Synthetische Fasern werden gespitzt. Trotzdem sagt man gesponnen. Spinnen Begriff für alles, was aus Fasern hergestellt wird.

In neuerer Zeit begann man Garne durch die Methode des Zwirnens zu veredeln. Größere Festigkeiten des ganzen Gewebes zu erzielen. Oder Knöpfe an den Ort ihres Zweckes zu fesseln. Sodass eher der Stoff reißt als der Knopf sich löst. Laines Haar war kurz geschoren, fünf Zentimeter lang und deshalb bestens geeignet für Teppiche.

Verändert Farbe den Charakter?

Auch Färben von Garnen hat jahrtausendalte Tradition. Das alte Verfahren nur noch zu finden bei Nomaden, indigenen Stämmen Afrikas, Südamerikas, Ozeaniens. Auch noch in einzelnen Ortschaften Marokkos, Tunesiens zum Beispiel. Deren Einwohner großen Bedarf an Tuchen haben. Nicht erst seit Mohamed von den Frauen verlangte, sich von Kopf bis Fuß zu verhüllen. Gierige Männerblicke abzuwehren. Immer schon notwendig, sich vor heißer Sonne und heftigen Wüstenstürmen zu schützen. Luftdurchlässiges leichtes Tuch die Norm. Für helle Töne lässt man die Wolle so wie sie ist. Oder bleicht sie. Färbt sie für Hochzeitskleider zum Beispiel. Oder den Export. Die Tradition des Färbens von Hand ist noch lebendig. Da jedenfalls, wo Zivilisation gewachsenes Menschenwerk noch nicht verdrängen konnte. Computer und Internet nicht alles bedeuten. Die globalisierte Welt keinen Einzug gehalten mit billiger Massenware.

Engagierte Handwerker pflegen die Tradition. Ein Blick in vertieft eingelassene riesige irdene Bottiche lässt H&M-Preise vergessen. Man sieht: ein barfüßiger Junge rührt mit langem Holzstab Wollstränge in tiefdunklem Indigoblau. So oft und so lange, bis alle Fasern in der gewünschten Farbe gleichmäßig durchtränkt sind. Einzigartiger Anblick, so viele Bottiche zu sehen. In die Erde versenkter Farbkasten. In den Näpfen Indigoblau, Karmesin, Saftgrün, Krapplack, Kadmiumgelb. Farbkasten, aus dem die gefärbten Wollstränge herausgeholt, zum Trocknen aufgehängt, kardiert, zu Garnen gesponnen, auf Webstühlen farbige Stoffe werden. Geknüpft geometrisch oder floral gemusterte Teppiche entstehen. Läufer oder Vorleger vor der Tür. Willkommen zu heißen.

Farben werden gewonnen aus kleinen Tieren, Schildlaus oder Purpurschnecke. Das bevorzugte Rot römischer Kaiser, aufgewogen mit Gold. Andere Farben aus farbstoffreichen Pflanzen und Früchten. Lackmusflechte, Buchsbaum, Krähenbeere, Erikagewächse. Wallnuss- und Zwiebelschalen. Brombeeren, Mohnblüten, Rote Bete. Ihre natürliche Farbe verwendet oder in Essigsäure heller gebeizt.

Warum reisen Menschen in südliche Länder? Kraxeln den steinstolperigen Weg hinauf nach Les Beaux. Eine Frau zu sehen, von der man raunt, sie knüpfe die schönsten Tischläufer Frankreichs. In den Farben der Provence. Aus welchem Grund fahren Frauen nach Positano? Südlich von Neapel gelegenes weißes Dorf, das sich den Hang hinauf schmückt mit pinkfarbenen Bougainvillea und dem Rosa des Oleanders? Nur um in einer der Boutiquen ein farbenfrohes, luftiges Etwas zu kaufen. Das ein Kleid sein könnte. Gewebt aus feinst gesponnener Wolle des Merinoschafes.

Davon träumen, einmal noch den weichen Stoff auf nacktem Körper zu spüren. Nach all dem Wellenklatschen und Anrempeln in engen Gassen wieder gestreichelt werden. Beim Dinner, nachts um halb Zehn. Man glaubt nicht, wie seidig sich feine Wolle anfühlt. Wenn in kühler Nacht Wind weht, das Fähnchen um die Hüfte flattert. Die Frau eine Prinzessin wird. Zweimal neue Farben im Jahr machen süchtig. Männer spendabel. Feinwollene Mode in Italien mit schöneren Farben als anderswo.

Kostet weniger als anderswo.

Zu unserem Glück haben extremer Fortschritt und Technisierung auch Zurückdenken zur Folge. Sehnsucht nach der Natur lässt tradiertes Handwerk wieder aufleben. Fördern sogar, wenn Bürgermeister ein Freund der Kultur ist. Handwerksbetriebe ansiedelt. Sponsoren findet, die ihm helfen, ausgefallene Projekte zu finanzieren. Ausstellungen locken Leute. Wecken Interesse. Baumärkte staunen Bauklötze. Bei solchem Gedränge an den Eintrittskassen.

Volkshochschulen veranstalten Kurse im Basteln und Tisch decken. Blumen stecken. Deckchen besticken oder klöppeln. Dazu braucht 's Garne, aus Schafswolle meist. Und allerlei solches, das Mensch mit eigenen Händen und natürlichem Material bewerkstelligen kann. Glücklich, wenn er 's geschafft hat. In fast jeder Stadt sieht man Bastelläden mit allem, was man haben muss, um das Wissen aus Kursen umzusetzen.

Stoffläden, die wollene, seidene, samtige Tuche meterweise anbieten. Zu schneidern, was man gelernt hat. Oder lernen möchte. Garne in allen Farben, Stärken und Längen, Millionen Kilometer, würde man sie zählen. Freundliche Verkäuferinnen raten, helfen. Kommen ins Haus, die Nähmaschine zu begutachten. Das richtige Licht. Die richtige Schere. Das Kopierrädchen. Bevor der erste Euro in der Kasse klingelt.

Bekleidungshäuser verbreitern ihre Sortimente. Hochwertiges aus Merino- und Kashmirwolle ist gefragt. Tendenz steigend. In Deutschland verdient eine Mehrheit gutes Geld. Kann es sich leisten. Italienische Frauen und Männer, Donne e Uomi schon immer eleganter als andere Europäer. Gucci, Armani, Versace Mode-Designer weltweit gefragt. Schön aussehen so wichtig wie gut essen und trinken. Und koste es das halbe Monatsgehalt.

Wollfadenfärber freuen sich, wenn Mode ihre Farben wechselt. In jeder Saison neue Garne im farbigen Tuch. Alle Tuche französischer und italienischer Designer untereinander schön abgestimmt, die ganze

Palette jeweils. Nie ist es schrill wie bei Vivienne Westwood in England. Farbige Garne gewebt, die schöner aussehen lassen. Ohne dass sie oder er weiß, wem sie es zu verdanken haben, ein neuer Mensch zu sein. Umgarnt von Garnen aus Schafswolle, die immer dieselbe Qualität hat, ob gefärbt oder nicht. In jeder Saison. Heute und in tausend Jahren. Ein Wollfaden ist ein Wollfaden. Und bleibt es. Für Laine hat sich das Schicksal ganz Besonderes ausgedacht.

Hin und her geschickt per Schiff

Zwei Meter jeweils hin und wieder zurück. Im Rahmen eines Webstuhls gängiger Größe. Wenig größer als das Teil am Ende, das sie weben. Kleinere Webrahmen für privaten Hausgebrauch. Größere Stühle zum Weben und Knüpfen für Werkstätten. An Königshöfen vieler Länder bis ins 18te Jahrhundert. Solche, die bis unters Dachgebälk reichen auch heute noch. Große Teppiche zu knüpfen für kapitalkräftige Käufer. Auf Bestellung auch individuelle Muster knüpfen nach mitgelieferten Entwürfen. Beliebt sind Bildmotive von Mondrian, Miro oder Kandinsky. Banken und Versicherungen demonstrieren so einen Kunstgeschmack, den sie de facto nur in Ausnahmefällen haben.

Laine also wieder unterwegs. Nicht auf dem Vlies im Sack wie zuerst. Sondern als rosafarbenes Garn sauber auf Spulen gewickelt. In verschließbare Körben aus eng geflochtenen Weidenzweigen gepackt. Jede der bereits produzierten acht Farben in einem anderen. Die zu Garnen verarbeitete Wolle der ganzen Herde. Einmal jährlich in der Regel werden Schafe geschoren. Die Wollhaare lang genug gewachsen, um zu Streichgarn oder Kammgarn gesponnen zu werden.

Wieder alle Körbe auf einen Wagen geladen. Zusammen mit Wein und Melonen aus Cavaillon. Den besten weit und breit. Sogar über die Grenzen hinaus bekannt und beliebt. Süß wie die Liebe, schrieb Petrarca, Mönch und Dichter. In dieser Metapher versteckte er seine Liebe zu Laura de Nove. Sofort verliebt, als er sie Ostern 1327 in der Messe sah. Aussichtslos, sie war verheiratet. Schrieb in vielen Jahren aus großer Distanz 366 sehnsuchtsvolle Sonette. Er muss sie mindesten so geliebt haben wie Melonen aus Cavaillon. Obwohl er nicht lernen durfte, wie Lauras Küsse schmecken.

In Gap wartet die Werkstatt Bertrand auf neue Wolle. Die letzten Stoffe gingen weg wie warme Semmeln. Adelige und andere vermögende Familien kauften sie, um sich Kleider und Hosen nähen zu lassen, Umhänge, Schals. Sogar vor die Fenster hängten sie Vorhänge aus farbigen Stoffen. An die Wände wie Bilder. Schön sollte es aussehen. Besucher beeindrucken. Jeder wollte den andern übertreffen. Der reinste Wettstreit um Stoff statt um Frau. Vielleicht sogar um beides. Wenn Frau sich in ausgefallenen Kleidern präsentierte wie die portugiesische Königin Theresia von Leòn. Von der man erzählte, dass in ihren Räumen mehr Männer als schöne Orientteppiche zu ihren Füßen lagen. Portugals Schiffe fuhren um 1200 schon bis Indien.

Es ergab sich, dass sich in Gap ein Händler aus Persien aufhielt. Zurück von Avignon, wo er beim Markgrafen der Provence einen großen Täbriz-Teppich ausgeliefert hatte. Das Esszimmer in seinem Schloss in einen Speisesaal zu verwandeln. Neugierige Verwandte und Freunde zu überraschen. Teppiche aus Persien sollen wahre Wunderwerke sein. Mit paradiesischen Mustern in neuen, unbekannten Farben. Zum Abendessen an die Wand gehängt ein Augenschmaus.

Nennen wir den Händler Dario Faghir Afghani. Gebürtig in Afghanistan. Das Knüpfen gelernt von Kind an. Lebt und arbeitet aber in Isfahan, Persien. Weil er dort einen großzügigen Arbeitgeber fand, den sein Talent beeindruckte. Teppiche nicht nur zu knüpfen, sondern auch zu verkaufen. So war er die halbe Zeit des Jahres in Europa unterwegs. Teppiche vorzuführen, sachkundig Herkunft und Musterung zu erklären. In der Sprache des Landes jeweils. Aufträge zu erhalten. Oder Bestellungen auszuliefern und Goldmünzen einzustreichen. Wie jetzt in Avignon. Auch in seinem Geburtsland Afghanistan haben farbige Teppiche Hochkonjunktur bis heute. Ihre Muster und Farben sind ganz anders als die von Perser-Teppichen. Sie unterscheiden sich vor allem durch ihre Granatapfeltiefrote Grundfarbe mit eingewirkten schwarzen Ornamenten.

Dario muss ein neugieriger Mann gewesen sein. Steckte seine Nase in alles, was ein Geschäft werden könnte. In der Weberei der Bertrands soll heute neue Wolle ankommen. In neuen Farben, typischen Farben der Provence: die komplette Pink-Violett-Palette. Verschieden Helligkeit und Intensität der Farben. Leuchten wie blühendes Rosmarin, Salbei, Zistrose, Lavendel und Thymian. Solche Farben sind im vorderen Orient unbekannt. Es könnte eine interessante Variante meines Teppich-Angebots werden. Dachte der Mann aus Persien.

Um Grade attraktiver. Neue Käufer interessieren. Vor allem in Europa. Grafen und reiche Kaufleute gibt es in Fülle. Sogar zahlreiche Könige, addiert man alle, die in einem schlossähnlichen Gebäude wohnen. Hoch auf einem Berg, umgürtet von einer Mauer. Drei wehende Fahnen mit ihrem Wappen signalisieren hier wohnt ein Herr: Silbern die angedeutete Krone mit Adler oder Löwe. Auf Turm, dem Dach von Wohnhaus und Eingangspforte. Ein einziger Wächter mit Hellebarde reicht vor dem Tor. Das Schloss auf einem Felsspitz gebaut. Unerreichbar für Normalsterbliche. Maulesel schleppten alles von unten nach oben. Auf schmalen Trampelpfaden durch finsteren Wald. Auch Möbel und Teppiche, kranke Frauen und kleine Kinder.

Die Bertrands helfen, die Körbe abzuladen. Fahren sie mit einem Schubkarren in die Werkstatt. Legen die Spulen säuberlich in flache Körbe auf die Bretter von drei Regalen. Auf ein schmales die Streichgarne zum Stricken und Häkeln. Auf zwei lange Regale die am meisten gebrauchten Kammgarne nebeneinander. Pinseln auf ein Brettchen an der Vorderseite jedes Korbes die Farbe der Wolle dahinter. Pink und Lila-Töne, die sie seit der letzten Lieferung verarbeiten. Eine versiegelte Kanne jedes Farbtons damals mitbestellt, die Körbe mit den Farben der Garne zu kennzeichnen.

Wenn es schnell gehen muss, ist die richtige Spule gleich zur Hand. Auftraggeber sind nervös. Jedenfalls solche, die sich die nicht billigen Stoffe leisten können. Bertrands sind spezialisiert auf große, farbige Tuche. Uni oder gemustert. Teppiche können sie nicht knüpfen, Strickwolle nur von Hausfrauen gefragt. Die meisten in ihrer Umgebung sitzen mit halb erwachsenen Kindern und Freundinnen zusammen am Tisch. Trinken Tee und erzählen Geschichten. Sticken, häkeln, stricken, klöppeln farbige Garne zu Deckchen, Gardinen, Mützen, Schals, Socken oder Pullovern. Wie ihre Mütter, Omas und Urgroßmütter. Und zählen die Stunden nicht.

Dario in der Werkstatt der Bertrands. Sich umsehen schadet niemandem. Geht an den nebeneinander liegenden Spulen entlang. Fragt: „Wer spinnt eigentlich diese wunderschönen Garne? Ist es eine Werkstatt in der Nähe?" „Eine Familie aus L'-Isle-sur-la-Sorgue mit fünf Spinnrädern im Haus. Eine noch aus Anthou und La Foux d' Allos. Insgesamt zehn Spinnräder. Warum fragen Sie?" „Einfach nur so" antwortete der Mann. Dann aber rasch hinterher: „Ich hätte gern fünf Spulen mit farbigen Garnen, um Teppiche zu knüpfen. Sie meinem Arbeitgeber in Isfahan zu zeigen. Überzeugen vielleicht, solche Farben ins Programm zu nehmen. Probeweise einen kleinen Tischteppich weben lassen für einen Test." „Nehmen Sie fünf Spulen mit dem Streichgarn vom kleinen Regal. Es eignet sich gut für Teppiche. In der Farbe, die Sie gerne hätten. Zahlen uns fünf Silberfranc, einen für jede Spule. Wir verdienen nichts dabei." „Oui Monsieur, d' accorde."

Zahlt, packt ohne groß nachzudenken drei rosa und zwei violette Spulen in seine Tasche: „Au revoire" und macht sich auf den Weg zum Teppichknüpfer Jaques Dubois in Carpentras. Der Knüpfer in der Nähe wird schnell Klarheit bringen, ob diese zwei Farben sich verkaufen lassen. Klappt es wie erwartet, lohnt es sich auch, in Täbriz Teppiche mit rosa und violetten Ornamenten weben zu lassen. Der Ritt durch ginstergelb blühende Landschaft der Provence stimmt ihn optimistisch. Zwei Tage und er ist am

Ziel seiner Wünsche. Rosa und Violett wird Interessenten finden, hofft er und gibt seinem Pferd die Sporen. Die Karawane nach Persien startet in zwei Wochen ab Avignon.

Auf solche oder ähnliche Weise könnte es sich zugetragen haben. Mit einem Resultat, auf dass Sie, verehrter Leser schon lange warten. Die erste Wolle unseres erwachsenen Lämmchens Pele reist in die Welt. In einem der Garne Laine, Haar aus Peles Wolle. Nach Persien vielleicht und weiter nach Afghanistan. Die Wolle zistrosenrosa gefärbt, zu Garn gesponnen und auf Spulen gewickelt. Laine dürfte gespannt sein wie ein Flitzebogen. Würde man heute sagen. Um es zu verdeutlichen. Aber schon lange bekannt zu ihrer Zeit. Das Jagdgewehr der Vorzeitmenschen. Aus biegsamem Weidenholz, mit einer Schnur gespannt aus dreifach gedrillter Haut eines Darms. Vom Schaf könnte es sein. Lain aber ist neugierig. Nur neugierig. Nicht mehr. Dass alles ganz anders kommt, weiß der Leser nicht. Laine schon gar nicht.

Gemälde können nicht schöner sein

Täbriz das ferne Ziel der Reise. Der Name steht für eine bestimmte Art der Teppichmuster: Zartgelbe Blüten, lichtgrüne Blätter ranken auf meist dunkelblauem Untergrund. Schon im 5. Jahrhundert v. Chr. wurden Teppiche hergestellt. Flüchtig betrachtet sieht es aus wie gewebt. Ist aber anders. Stoffe werden gewebt. Teppiche geknüpft. Deshalb soll hier erst erzählt werden, was knüpfen ist und welchen Zweck es hat bei der Herstellung von Teppichen. Bevor es mit Laine weitergeht.

In einem Rahmen wie fürs Weben. Aufrecht gestellt oder flach gelegt, je nach Größe und Auftrag. Senkrecht die Kettfäden, meist aus Baumwolle. Gewebt und geknüpft wurde in Familienbetrieben. Überwiegend Frauen am Webstuhl, Kinder wenn sie vierzehn und angelernt sind. Ziel ist es, aus kreuz und quer, also senkrechten Kettfäden und horizontalen Webfäden ein Gewebe entstehen zu lassen, das größere Festigkeit besitzen muss als gewebter Stoff. Weil Teppiche auf dem Boden großen Belastungen ausgesetzt sind. Als Bildschmuck an die Wand gehängt ihre Form behalten müssen.

Beginnen rechts am unteren Ende der senkrechten Kettfäden. Befestigen das Garn. Ziehen dann das

Weberschiffchen mit dem aufgespulten Garn von rechts nach links abwechselnd vor und hinter den Kettfäden entlang. Umschlingen einen oder zwei von ihnen, dass es ein Knoten wird. Eins nach dem anderen bis an den Rahmen. Schlagen das verknüpfte Garn fest auf das Garn darunter. Mit einem schweren, kammähnlich gezahnten Brettchen aus Metall oder hartem Holz von Eiche oder Zeder.

So eine Garnreihe nach der anderen übereinander, fest geklopft, jeweils. Dadurch erreicht der fertige Teppich zum Schluss maximale Dichte und Festigkeit des Gewebes und optimale Wirkung der Farben. Fertig aber ist er erst, wenn die zeitraubende Arbeit des Einfädelns andersfarbiger Garne erledigt ist. Viele Farben in vielen Mustern erfordern, das Garn fortlaufend zu wechseln. Von Anfang bis Ende jedes Fadens mit Kettfäden zu verknüpfen.

Geknüpft wird zum Beispiel das rote Garn für eine Rose so lange, bis Grün für das Blattwerk beginnt. Das Ende des roten Fadens abgeschnitten und verknüpft ist. Das grüne Garn eingefädelt. Zahl und Dichte der Knoten bestimmen die Geschlossenheit einer Teppichfläche. Optimal ist, wenn der Webfaden zwei Kettfäden zusammenknüpft, statt nur einen umschlingt. Die nächsthöhere Reihe versetzt, die Knoten auf Lücke sozusagen dichter beieinanderstehen. Dichte und dadurch zustande gekommene feinste Farbabstufungen begründen den Preis. Viele Knoten, also hoher Preis. Ein Parwis mit 200000 Knoten pro Quadratmeter kostet heute stolze 34.650 Euro.

Dann wird der Teppich gewaschen, zum Trocknen aufgehängt und anschließend von Hand geschoren. Um das Muster in seiner ganzen Schönheit wirken zu lassen. Sauber und frei von Staub, Flusen und Flecken. Anschließend an den Außenkanten rundum je zwei Kettfäden miteinander verknüpft und befestigt. Zum Schluss die Kanten glatt beschnitten.

Anfangs war nicht nur die Arbeit am Webstuhl Sache der Frauen. Sie knüpften die tradierten Muster praktisch wie im Schlaf. So oft hatten sie sie gefertigt. Seit Generationen dieselben Muster. Aber auch neue Ideen für Muster und Farbe verwirklichten sie beim Knüpfen oft spontan. Erst in jüngerer Zeit machen Teppich-Designer von sich reden. Damals arbeiteten die Männer auf den Feldern. Anderen war es unter ihrer Ehre, zu weben und zu knüpfen. Nur mit einer Sache beschäftigt. Den ganzen Tag fixiert zu sein auf einem Stuhl. Lieber ritten sie auf ihren Gäulen in die Schlacht. Fochten mit dem Säbel. Gegen wen oder was auch immer. Was dabei herauskam, wissen wir alle. Selten Gutes, nie Schönes. Ausgenommen das hübsche Kind einer fremden Frau.

Frauen betonten bei fast allen Teppichen die Mitte. Ihre Welt hat ein Zentrum. Ränder breit. Dunkelrot, goldgelb und blau die dominierenden Farben. Figurales. Stilisierte Vögel, Schlangen, Löwen. Gefäße, Blüten und Blätter mit einer Vielfalt, die man sich in Europa nicht vorstellen konnte. Schon gar nicht auf Teppichen. Ließ sie kommen aus klassischen Teppichländern. Persien, Afghanistan. Und hängte sie an die Wände wie riesige Bilder. Von fremdartiger Schönheit, die Kopien bisher üblicher antiker Motive übertraf. Apollo musste im Nebenzimmer verschwinden. Um Sheherazade Platz zu machen.

Größe und Gestaltung beeinflusst von Tradition und Sitte am Ort, an dem sie hergestellt wurden. Von Nomaden, in Dörfern und städtischen oder höfischen Manufakturen. Auch nach Vorgaben durch die jeweils herrschenden Dynastien. Mit Wünschen für Farbe und Muster. Besonders die großen Teppichformate, ihre Paläste zu schmücken, Macht zu symbolisieren durch Pracht. Es begann mit der Ausdehnung des Islam ab 651 n. Chr. und der Kalifenherrschaft. Andere folgten. Um 1000 n. Chr. die Seldschuken mit ihrer turkopersischen Tradition. 300 Jahre später Mongolen und Timoriden. Timor-Lenk, einer der Herrscher, nach Dschingis-Khan der gefürchtetste Tyrann. Ließ 70000 Besiegten die Köpfe abschlagen, sie zu einer Pyramide auftürmen. Um anschließend in seinem Zelt, auf dem schönsten Teppich liegend, mehr als einen Becher Wein zu leeren. Den Hofnarren zu ignorieren. Der ihm erlaubterweise seine Meinung ins Gesicht schleuderte: „Einer, Timor, hätte auch genügt, den Sieg zu feiern."

Salafiden ab 1500. Im 18ten Jahrhundert Afschariden und die Zand-Dynastie. Ab 1925 die Pahlevi. Bis Mohamed Reza Schah das Land modernisierte. Eine Landreform verordnete, Nomaden, traditionellen Teppichknüpfern, das Leben schwer machte. Verbot ihnen wie bisher mit Zelten umherzuziehen, ihren Herden zu folgen. Dahin wo genug Gras wächst. Und somit auch die Wolle ihrer Schafe wachsen kann. Sie sollten sich niederlassen, feste Häuser bauen und einen modernen Beruf erlernen. Damit Persien wettbewerbsfähig wird in einer fortschrittlichen Welt.

Konsequenz: ihre Frauen konnten nicht mehr unterwegs Teppiche knüpfen wie ihre Familien es seit Jahrhunderten gewohnt waren. In die Fabrik wollten sie nicht. Also ließen sie es. Umherziehen gehörte zu ihrem Leben. Große Nomadenstämme kapitulierten. Anderthalbtausend Jahre alte Tradition beendet? Nach der Islamischen Revolution hörte man nichts mehr von persischen Teppichen.

Erst 1992 erwachte in Europa neues Interesse an Gabbeh-Teppichen. Im Südwesten Persiens von ortsfesten Familien traditionell geknüpft aus Wolle von Schafen und Ziegen. Mit geometrischen Mustern. Stilisiertes Tier in der Mitte. Und lauter kleine Kästchen drum herum mit irgendwas drin. Farbig wie ein Farbkasten mit 20 und mehr Näpfen. Es wurde ein regelrechter Boom. Inzwischen werden Teppiche dieser Art auch in Indien hergestellt, Afghanistan, China und der Türkei.

Alte Orientteppiche aber bleiben gefragt auf der Welt. Gut erhaltene mit traditionellen Mustern. Trotz ihrer hohen Preise. Imitate mit solch alten Mustern produziert eine Industrie im Herkunftsland. Der Devisen wegen. Und Arbeitsplätze zu erhalten. Bei uns werden sie vergleichsweise billig angeboten. Oft sogar verschleudert, wenn Nachschub mit neuen Mustern oder anderen Farben Platz im Lager braucht.

Die meisten Käufer kennen sich nicht aus. Freuen sich über den niedrigen Preis. Hauptsache, ein Orientteppich wertet auf: Wohnungen, Appartements und die sie bewohnen. Man traut sich kaum, über sie zu gehen. so wunderbar diese Welt in Mustern und Farben des Orients. Echte Teppiche hängen Kunstliebhaber wieder an die Wand wie früher. Als Teppiche Bilder waren. Erzählten von Sheherazade und ihren Geschichten aus Tausend und einer Nacht.

Nach diesem Ausflug in die Geschichte wieder bei Laine. Dem Haar, das zu Garn gesponnen wurde. Gefärbt in den Farben der Provence. Es wartet darauf, zu einem schönen Teppich geknüpft zu werden. Auch wenn er klein ist, Freude bereitet. Dario Faghir Afghani hatte fünf Spulen erworben und ist jetzt gespannt, was die Leute in Carpentras daraus machen.

Die Probe aufs Exempel

Rasch findet Dario die Werkstatt des Jaques Dubois, von dem er hörte, dass sie auf kleine Formate spezialisiert ist. Im niedrigen Raum vier Webstühle, nicht größer als eine Ofenbank. An drei arbeitet eine Frau. Einer nur mit der Bank davor. Die Frau ist krank. Bedeutet Umsatzausfall. Deshalb freut sich Inhaber Jaques über den Auftrag. Sein Name auf Deutsch Jakob. Oder Köbes im Rheinland. Noch nicht realisiert, dass es mit Garn von fünf Spulen nur ein sehr, sehr kleiner Teppich werden kann. Zwei Handspannen lang und hoch im Quadrat. Auch nicht, dass man ihm die Wolle gibt, an der er sonst noch etwas verdient. Doch zufrieden, dass wieder Geld in die Kasse kommt.

Dario trifft den Chef in der Werkstatt: „Jaques, ich habe dir hier zwei Farben mitgebracht. Jede auf Spulen, von denen ich hoffe, sie passen in deine Weberschiffchen. Sonst musst du sie umspulen." „Sie scheinen zu passen". Bevor er weiter reden kann, Dario: „Sie stammen aus einer Spinnerei nicht weit von hier." Sieht ein Fragezeichen in den Augen Jaques'. „Ja, aus L'-Isle-sur-la-Sorgue, falls du es kennst. Es ist eine Kleinstadt Richtung Avignon." „Ach ja, doch, kenne ich, im letzten Jahr haben wir an den Grafen Robert von Clermont für sein Stadthaus in Avignon sechs Tischläufer geliefert."

„Zu den Farben noch ein Wort: Rosa und Violett sind zwar üblich hier, deshalb muss dir was Neues einfallen. Ein außergewöhnliches Muster, das noch nie jemand gesehen. Es könnte eine interessante Variante eures klassischen Angebots werden. An der du mit verdienen kannst. Mit kleinen Teppichen in Rosa und Violett für kleine Tische neben dem Bett zum Beispiel. In Farben, die träumen lassen von Glück im Unglück. Oder dem Himmel auf Erden. Lass dir was einfallen. In einer Woche komme ich wieder."

Jaques denkt nach. Ruft seine Frauen und zeigt ihnen die farbigen Garne auf den Spulen. Wartet auf ihre Einfälle. Sie schauen sich gegenseitig an, schütteln den Kopf. Bis eine meint:

„Mir fällt nichts anderes ein als Schaf. Von Schafen stammt die Wolle. Ein Schaf soll Wolle wieder werden." Alle lachen. Nur Jaques nicht. Denkt nach. Denkt lange nach, sodass die Frauen meinen, er habe Verstand und Stimme verloren. Da reckt er sich auf wie ein Capitaine und posaunt: „Wir knüpfen ein rosa Schaf auf violettem Rasen. Schön Reihe nach Reihe. Dicht geknüpft und fest geklopft jeder Faden, damit die Farben intensiv leuchten. Und dem, der es kauft, die Augen überlaufen. Es soll unser Meisterstück werden. Habt ihr mich verstanden?" Jetzt hat er es gesagt, so frei heraus. Einem Impuls folgend. Aber ein Bild kann er sich nicht machen. Von einem rosa Schaf auf einer violetten Wiese.

Was alle nicht wissen, der Webermeister nicht, seine Frauen, Dario der Händler nicht. Auf diesen fünf Spulen kein Garn mit Laine, dem Schafshaar unserer Geschichte. Zufällig oder nicht, Laine blieb in L'-Isle-sur-la-Sorgue. Aufgespult und sorgfältig gelagert in einem Korb. Und wartet der Dinge die da kommen werden.

Interessant aber und spannend die Geschichte vom rosa Schaf auf Violett. Deshalb soll sie hier erzählt werden. Als Dario es eine Woche später fertig geknüpft in die Hand nimmt, fällt er fast in Ohnmacht. So also sieht ein rosa Schaf aus? Mon Dieu, noch nie hat jemand ein rosa Schaf gesehen. Pas croire, nicht zu glauben: Mit ein wenig Violett die Augen gedunkelt, als blicke es uns direkt an. So ein Schaf hat noch niemand gezüchtet, geschoren und geschlachtet. Es wäre zu schön zum Schlachten, denkt er. Es wird seine Kundschaft in Frankreich zu Höchstpreisen animieren. Das rosa Schaf auf Violett ein Geschenk Allahs. Bezahlt den ausgemachten Preis. Zeigt das Teppichlein keinem. Nicht mal seinen Freunden. So überzeugt ist er vom Erfolg. Es wird Dutzende gleicher Motive geben. Vielleicht sogar Symbol für ein schöneres Leben auf dem Lande werden, das an die

Provence erinnert. Francs werden fließen, sein Name berühmt sein wie Robert Poisson in Paris.

Schon der erste Kunde in Marseille winkt ab. „Nein, nein, Violett-Töne kommen nicht infrage. Wir haben ohnehin viel zu viel Violett. In den Talaren von Äbten und Bischöfen. Außerdem sind wir froh, Ostern das Violett der Karwochen abzulegen. Wieder essen und trinken können, auf was wir Lust haben. Nicht nur Fisch jeden Tag und Wasser statt Wein." Dass es eine der Farben der nahen Provence ist, scheint er nicht bedacht zu haben. Dabei liegt diese blühende Provinz praktisch vor der Haustür. Seine Sinne müssen sich schon so an diese Farben gewöhnt haben, dass er sie nicht mehr wahrnimmt wie ein Fremder. Ferienreisende, nicht erst heute, schwärmen geradezu von ihnen. Merian, die Monatszeitschrift, preist die Rosa-Violett-Palette in allen Tonarten. Wie dem auch sei, vom ersten Besuch schockiert, braucht Dario eine lange Woche, um darüber nachzudenken, wie es jetzt weiter gehen soll.

Stellt sich eine Schafherde vor. Viele alte Schafe mit dunkel gewordenem Fell vor Augen. Zwischen ihnen jüngere, muntere Springinsfeld mit helleren Fellen. Lämmer sagt man. Da trifft 's ihn wie ein Blitz: Nicht Schaf sondern Lamm. Lamm Gottes, das wär' doch was. Auf seinen Reisen sah er in vielen Wohnungen Bilder mit einem Lamm, das eine Fahne trägt. Das sei ihr Gott, sagten die Leute. Komische Leute, ein Lamm als Gott anzubeten, aber was soll 's. Jedes Volk hat einen Gott in mehreren Personen, die sie um Hilfe bitten können. Den einen, den anderen. Wir haben unseren allmächtigen Allah und Mohamed, seinen Propheten, der uns lehrte: hilf dir selber, dann hilft dir Allah.

Im Elsass sind die Menschen besonders fromm. Marienthal ein Dorf im Norden. Die Baselique de Notre Dame eine Wallfahrtskirche. Dahin werde ich jetzt reiten. Packt seine Sachen, schwingt sich auf sein Pferd. Der kleine Teppich in umgehängter Tasche. Ein lustiges Lied auf den Lippen. Grüßt unterwegs alle Leute. Die ihn für Josef ohne Maria halten. Nächtigt in einfachen Gasthäusern. Zeigt dem ein oder anderen das rosa Schaf, seine Meinung zu hören. „Oh" sagen die meisten und schauen betreten. Kann Ja oder Nein bedeuten. Er hält es für Ja.

In Marienthal wickelt er zuerst den Turban vom Kopf. Katholiken mögen keine Muslime. Besucht sogleich den Pfarrer. Der auf dem Weg in seine Kirche. Im violetten Messgewand. Es ist Fastenzeit. „Bonjour monsieur le pasteur, haben Sie gleich mal eine Viertelstunde Zeit für mich?" Der sieht, es ist ein fremder Mann. Und Fremde soll man in sein

Haus aufnehmen, predigte Jesus den Leuten in Cae-
saria und Judea. „Volontiers Monsieur, dans une heu-
re." Dario geht ins Wirtshaus nebenan, die Stunde
sinnvoll zu nutzen. Setzt sich an einen Tisch und
bestellt ein Bier. Er hatte letztes Jahr dieses Gebräu
aus Gerstenkörnern und Hopfen kennengelernt. Sich
schon gefreut auf seinen nächsten Besuch in Frankreich. Perser brauen kein gutes Bier.

Nicht lange und ein junger Mann sitzt an seinem
Tisch. Bestellt eine Karaffe Rotwein. Redet drauf los,
so schnell, so kauderwelsch, dass er nichts versteht.
Kein Französisch, kein Deutsch. So irgendwie dazwi-
schen. Alemannischer Dialekt? Dario muss sich
enorm konzentrieren, mitzubekommen um was es
geht: „Wir haben bei uns im Wohnzimmer einen
kleinen Hausaltar. Vor dem alle beten. Dreimal am
Tag mindestens. Morgens, mittags, abends." Aufgeregt die Stimme des Mannes. Die ständige Beterei
muss ihn ärgern. Auch wenn er nicht über die Lippen
bringt, es zu sagen. Der Pfarrer könnte es erfahren.
„Öfter noch meine Großmutter. Kniet auf einem
Bänkchen und steht nicht mehr auf. Schaut immer
wieder auf das Kruzifix darüber an der Wand. Mur-
melt Gebete, die Hände gefaltet. Ruft immer wieder
„Oh Lamm Gottes, du nimmst weg die Sünden der
Welt, erbarme dich meiner."

Das wäre doch was für mein rosa Lämmchen, denkt Dario. Holt den kleinen Teppich aus seiner Tasche. Rollt ihn zu ganzer Größe aus auf dem Tisch. Dass man 's gut sehen kann: Lamm, das alle Sünden der Welt wegnimmt. Sagt nichts, beobachtet das Gesicht des jungen Mannes mit lauerndem Blick. Der steht auf, reißt das Teppichlein an sich: „Quel est le prix?" „Cinquante Francs." „D' accorde. Legt aus seinem Beutel eine Goldmünze mit dem Bild König Johann II. auf den Tisch. Zählt etliche Silber- und Kupfermünzen dazu. Neue und noch gültige alte Währung. Umgerechnet ein persischer Toman in Gold. Ein gutes Geschäft.

Dario steht auf, bezahlt und macht sich auf nach Avignon, den Karawanenführer zu informieren. Er bliebe noch einige Wochen in Frankreich, zu recherchieren, wie groß der Bedarf an Teppichen mit dem Lamm Gottes ist. Ein gutes Gefühl im Bauch. Frommen Leuten in Europa kann man noch viele rosafarbene Lämmer verkaufen. Allah il Allah.

Am selben Tag noch hängt Rosa-Violett an der Wand. Der junge Mann hatte schnell noch einen Stab mit einer Fahne aus weißem Papier aufgeheftet. Das Lamm Gottes komplett. Grande-mère wird ihn in ihrem Testament bevorzugen. Die jetzt überglücklich. Sieht das rosa Schaf auf einer violetten Wiese. An-

ders als sie es kennt. Aber deshalb umso anbetungs-
würdiger. Kann den Blick nicht lassen von Rosa und
Violett. Fühlt sich von einer göttlichen Magie in den
Himmel gehoben. Jetzt schon. Nicht erst in einem
Jahr, wie der Doktor ihr prophezeite. Ein Salböl verordnete für die Gelenke. Eine Kräutermixtur fürs
Innere. Der Pfarrer gab ihr zehn Vaterunser auf am
Tag mindestens. Das Fegefeuer zu überspringen.
Grande-mère hat Angst vor flammenden Feuern seit
dem letzten Brand im Schuppen. In dem die Kleider
ihres verstorbenen Mannes hingen. Der Pfarrer trös-
tete sie damals: „Es sind nur Stoff und Leder Madame Marguerite. Dein August ist im Himmel". Ließ
eine Flasche geweihtes Wasser bei ihr, die Fingerspit-
zen zu nässen, bevor sie sich bekreuzigt mit der rechten Hand. Nacheinander Stirn, Brust, linke und rechte Schulter berührt. Was dieses Rosa nah an Violett,
alles bewirkt. Fast schon unheimlich. Erst im 20sten
Jahrhundert als Farben kombiniert und akzeptiert.
Zuerst in der Werbung, dann auch in der Kunst.

Die Schafshaare, zu Lamm und Wiese gesponnen,
sind ganz und gar nicht glücklich. Immer nur neben
derselben Farbe hängen passt ihnen nicht. Violett
neben Violett langweilig. Und Rosa neben Rosa auch
nicht aufregender. Bis auf die rosafarbenen Garne,
die direkt neben Violett liegen. Violett ein männli-

ches, Rosa ein weibliches Garn. Weil Violett und Rosa so anders sind, obwohl sie beide aus Wolle von Schafen stammen, fühlen sie sich angezogen. Wie Mann und Frau. Schmusen erst ein wenig miteinander. Denken, es könnte mehr sein, wenn sie könnten. Bald schon ist der Wunsch so stark, dass sie es versuchen.

Als abends spät die Kerzen gelöscht sind, versuchen sie sich zu nähern. In ihren Köpfen sind sie schon vereint, wenn Garne Köpfe hätten, die denken können. Merkmale hätten wie Mann und Frau. In der katholischen Kirche wären sie jetzt verheiratet. Verbunden auf Lebenszeit. Kein Mensch kann sie trennen. Keine Leidenschaft verbrennen. Nur geschärfte Messer oder Schere das rosaviolette Teppichlein zerschneiden. In Streifen für Karnevalskostüm oder Lumpensack.

Falls Enkel nicht mehr an das Lamm Gottes glauben. Nur noch Lammkotelett essen mit grünen Bohnen. So lange bis sie es leid sind. Gänsebraten lockt. Doch Gänsefedern sind ganz anders. Flusen, wachsen nicht mehr weiter, wenn sie einmal da sind. Hängen an Kielen und warten auf Kissen. Nicht wie Haare von Schafen, die immer da sind, wenn sie gebraucht werden. Für Gott weiß was.

Auftritt in der Apokalypse

Überraschend taucht im Sommer 1356 ein Bote Herzog Ludwigs I. von Anjou in L'-Isle-sur-la-Sorgue auf. Zweiter Sohn König Johanns von Frankreich und seit kurzem Titularkönig von Neapel und Sizilien. Der war wie alle Menschen des Mittelalters geprägt vom Gedankengut der Kirche. In diesen Jahren schwangerte das Ende der Welt in allen Köpfen und ängstigte die Herzen. Von stationären Pfarrern tagtäglich auf den Kanzeln gedonnert. Von wandernden Mönchen in drastischsten Farben Dörflern und Städtern eingeimpft. *„Dies irae dies illa – solvet saeclum in favilla."* Tag des Zornes, Tag der Zähren – wird die Welt in Asche kehren. Der Herr ist nahe, Gericht zu halten über die Menschen. Apokalypse das große Thema. Bereits um 1300 in farbigen, goldgeäderten Miniaturen des Berengardus dargestellt. Etwa zehn mal vierzehn Zentimeter klein. Die Texte in Latein und zum ersten Mal auch in Französisch.

Ludwig I., strenggläubiger Christ, hatte ein in Leder gebundenes Exemplar erworben und war tief beeindruckt. Sofort die Idee: „Die Visionen des Johannes will ich größer knüpfen lassen in riesigen Teppichen. Tapisserien genannt. Sie sollen die Menschen aufrufen, ihr Leben auf Gott auszurichten und ihre Sünden bereuen. Wirkungsvoller als die von Berengardus. Dramatischer. Den fantasiebegabten Maler, Hennequin von Brügge werde ich kommen lassen, die Entwürfe zu fertigen. In den modernen Werkstätten Robert Poissons sollen die Bilder zu Teppichen geknüpft werden." Dessen Berechnungen ergaben sechs große Teppiche mit je vierzehn Szenen der Offenbarung des Johannes. In zwei Reihen untereinander auf jedem Teppich. Vierundachtzig Bilder insgesamt. Leuchtend in Farben der Provence. Zum geplanten zehnjährigen Jubiläum des vom Herzog gegründeten Kreuzordens -Ordre-de-la-Croix – dürften sie fertig geknüpft, gewebt und aufgehängt sein.

Tapisserien, so nennt man die großen gemusterten Teppiche, lagen nicht auf dem Boden. Sie schützten seit langem schon die Bewohner von Schlössern in zugigen Räumen. Wind blies quer durchs ganze Gemäuer. Fensterlöcher in den Außenmauern ohne Glas. Durchgänge drinnen ohne Tür. Anfangs Uni geknüpft mit einfarbigen Ornamenten. Stellten sie vor die Löcher, auch draußen auf Terrassen, den Wind abzuwehren. Praktisch, aber nicht schön. Eines Tages wollten Mesdames Bilder sehen. Über die sie stundenlang reden konnten mit ihren Freundinnen. Baten ihre Männer, in die langweiligen Matten Bilder knüpfen zu lassen. Motive aus antiken Sagen waren damals gerade aktuell. Mit Szenen aus Homers Odyssee. Oder der Argonauten-Sage. Schleppten wie gewohnt jetzt die antike Bilderwelt auf Tapisserien im Laufe des Sommers mit auf speziellen Wagen. Von Schloss zu Schloss, in denen sie wohnten einige Wochen. Bis es ihnen zu langweilig wurde, der Herbst kühl. Die riesigen Räume in den Schlössern waren praktisch unbeheizbar. Im Pariser Stadtpalais lässt es sich gut überwintern.

Die besten Köche im Haus, erlesene Gerichte zu servieren. Die besten Musiker zum Tanz aufspielen. Dem neuen Kaplan ihre Sünden beichten, nicht dem Pfarrer. Weil sie wissen, dass er ihnen nur eine leichte Buße auferlegt.

Der Auftrag des Herzogs jetzt ganz anderer Art. Keine erinnerte Antike, um gelangweilte Mesdames zu unterhalten. Der Blick nicht zurück, sondern nach vorn. Dahin, wo der Abgrund ist, die Welt ein Ende hat. Auf geknüpften Teppichen die Visionen des Apostels Johannes, die ihn auf der griechischen Insel Patmos heimsuchten. Der Herzog machte Hennequin von Brügge zu seinem Hofmaler. Nannte ihn Jan Bondol und gab ihm die Texte des Johannes. Nicolas Bataille, seinem Bankier überließ er Finanzierung und zeitliche Planung. Den über die Grenzen hinaus bekannten Webermeister Robert Poisson in

Paris beauftragte er, die sechs Teppiche in der geplanten Größe herzustellen. Sechs Meter soll jeder hoch werden und dreiundzwanzig Meter breit. Unter jedem der vierzehn Szenen im Teppich der jeweilige Text der Apokalypse, gekürzt. In lateinischer Schrift. Wie das Neue Testament, die Bibel dieser Zeit.

Verstanden nur von Lateinschülern, politischen und geistigen Eliten, Priestern und Mönchen, die sie geschrieben. Das Volk konnte sich von den Bildern erschrecken oder zur Besinnung rufen lassen. Falls es die Möglichkeit hatte. Als Narr am Hof, die Wahrheit zu sagen, über die man lauthals lachte. Dem Herzog zu gefallen. Kammerdiener und Mägde. Musiker oder Servierer bei meist zwölfgängigen Gastmählern. 84 Bilder neben- und untereinander gehängt. Eine fast hundertvierzig Meter lange Strecke. Apokalyptisch wie die Zeit, in der sie entstanden.

Sie spiegeln die sozialen und politischen Verhältnisse im 14. Jahrhundert wieder. 100jähriger Krieg zwischen Frankreich und England. Epidemien. Hungersnöte. Fantasiereich gestaltet von einem der berühmtesten Teppichkünstler Europas seinerzeit. Detailgenau gezeichnet, koloriert auf Kartons. Vorlagen für die riesigen Teppiche. Meisterhaft geknüpft Bilder und Farben in der Werkstatt Robert Poissons, Paris. Oberaufseher der Weber Nicolas Bataille, ein erfolgreicher Bankier und Freund des Herzogs Ludwig von Anjou. Beauftragt, Finanzierung und zeitgenaue Fertigstellung in einer der fünf Werkstätten Robert Poissons sicherzustellen. Die aus praktischen Gründen am Ufer der Seine lagen. Teppiche mehrfach waschen braucht viel fließendes Wasser. Bis sie frei sind von Fadenresten, Staub und Schmutz. Und die Farben leuchten.

Zurück zum Auftrag. Der Bote des Herzogs, ein Chevalier namens Gabriel d' Angers, hatte beim Besuch in L'-Isle-sur-la- Sorgue kleine Zeichnungen bei sich. Ausschnitte von einzelnen Szenen der Teppiche. Sie den Garnherstellern zu zeigen. Die passenden Farben zu finden oder herstellen zu lassen. Ein Motiv lag ihm besonders am Herzen: Das neue Jerusalem. Das Gewand von Gott-Vater und das Unterkleid des Apostels Johannes sind Rosa gezeichnet. Das Rosa der Zistrose könnte passen. Und schon ist Laine im Gespräch. Im hellrosa Garn auf der Spule. Eine der Knüpferinnen reicht sie ihm. Ganz zufällig die mit dem Garn, in das Laine verwickelt ist. Der Bote nimmt sie näher an die Augen, hält sie unter seine Nase. Als wäre es die duftende Blüte einer Zistrose. „Von dieser Farbe brauchen wir sagen wir geschätzt achttausend Meter Garn. Es können mehr oder weniger sein. Der Meister wird es genau berechnen.

Und Ihnen Nachricht geben. Eine Bitte: wickeln Sie das Garn auf möglichst große Spulen. Wir spulen sie um auf eine Größe, die auf unseren Webstuhl passt. Monsieur Poisson wird es freuen. Den Herzog Ludwig und seinen Bankier allemal. Ach, beinahe vergessen: Kann ich eine dieser Spulen mitnehmen, sie dem Meister zu zeigen?"

Und schon ist Laine unterwegs. Nicht im rumpelnden Karren. Nicht auf klapprigem Gaul, gequetscht in eine Tasche. Der edle Ritter kam mit einer Kutsche. Er nimmt die Spule auf seinen Schoß. Hält sie in der rechten Hand. Seine linke streichelt ab und zu darüber. Während er sie anschaut. Als wäre sie ein schönes Mädchen. Zwei edle Rösser traben los. Beidseits der Deichsel. Vom Kutscher gezügelt und vorangetrieben. Und die Federn des Gefährtes schwingen und wiegen. Wie die Arme einer Hebamme das Kind in den Schlaf.

Nach fünf Tagen erreichen sie Paris. Der Herzog gerade zu Besuch beim König, statt in Neapel oder Palermo. Wie jedes Jahr Ende März. Angelegenheiten zu besprechen und zu regeln. Jetzt gespannt, was sein Bote erreicht hat in der Provence. „Zeig her", reißt ihm die Spule aus der Hand. Betrachtet sie eine ganze Weile. Ruft nach einer Lupe. Beäugt sie wieder von allen Seiten. Hält sie vor die Wand mit dem Teppich, das ein weißes Einhorn auf dem Schoß einer Jungfrau zeigt. Brummt etwas in sich hinein, das wie „plus beau" klingt. Unklar, was er meint: auf dem Schoß einer Jungfrau sitzen oder das rosa Garn in der Hand. Schellt nach Poisson ungeduldig: „Que dites vous?" „C' est correct, exactement le couleur, que nous avoire besoin. Wir brauchen für die Rosa-Gewänder und Gesichter auf allen Teppichen zweiundzwanzig Spulen mit je 500 m Garn. Von Blau und Rot in zwei Helligkeiten je achtundfünfzig. Von Grün dunkel und hell je achtzehn Spulen. Von Ocker und Gelb je sechsundzwanzig. " Etwa 171000 Meter Garn insgesamt.

Seine Hoheit, König Johann II. neugierig, wohnt dieser Sitzung bei. Erstaunt, seine Paladine so eifrig bei einer Sache zu sehen, die eigentlich Angelegenheit der Kirche ist. Lehnt sich zurück in seinen Sessel und lässt sich eine Pfeife reichen, ein Glas Burgunder Premiere Cru Classé aus Beaune. Blauer Dunst steigt auf. Gedanken kreisen unhörbar und lösen sich auf in immer blasser werdendes Nichts.

Fast vier Monate dauerte es, bis die Frauen in L'-Isle-sur-la-Sorgue die geforderten elftausend Meter rosa gefärbten Garne gesponnen und auf Spulen gewickelt haben. Nicht nur von Schafen der Provence. So viele mussten es sein, für Dachkanten von Jerusalems Türmen, die von der aufgehenden Sonne angestrahlt werden. Und für das Gewand Gottvaters und Johannes' Untergewand in allen 84 Bildern. Die Gesichter von allen Mitwirkenden auf den sechs Teppichen. Die Garne in anderen Farben fertigen Kollegen in Cadenet, Ménerbes und Venasque. Eilboten der Staatlichen Post bringen die fertigen Spulen in vier Tagen nach Paris.

Jetzt liegen sie in flachen Holzschalen auf einem separaten Gestell nebeneinander. Jeder Farbton für sich. In der großen Halle neben drei kleineren ein riesiger Webstuhl, der bis unter die Dachbalken reicht. Dreißig Meter breit. Es könnten noch größere Teppiche sein als die für die Apokalypse vorgesehenen. Mit ihren sechs Metern Höhe und dreiundzwanzig Metern Länge. Poisson wollte mit dem sechsten Teppich beginnen. Das positive Ende der Apokalypse zuerst in Angriff nehmen. Das Neue Jerusalem statt des untergegangenen Babylons. Bevor er die fünf anderen mit den unvorstellbar schlimmsten Plagen knüpfen lässt. Arme Weberinnen, denkt er, das siebenköpfige Meeresungeheuer vor Augen. Sie könnten Angst bekommen. Ich werde ihnen jeden Tag einen Krug Wein von Xavier Trissans, dem besten Winzer an der Loire schenken. Ihnen Mut zu machen.

Auf vierzehn Hockern davor sitzen sie. Die Augen konzentriert auf Garnfäden gerichtet. Das Bild hinter den Kettfäden interessiert sie nur, zu wissen, wann sie die Farbe wechseln müssen. Das ganze Motiv ohnehin nur unvollkommen zu erkennen aus ihrer Perspektive. Jede vor einem etwa ein Meter breiten Abschnitt der Kettfäden. Frauen im reifen Alter, erfahren in Knüpfen und weben. In ihren weißen Kleidern und Hauben sehen sie aus wie Nonnen. Sind es aber nicht. Lachen, scherzen, trinken ab und zu einen Schluck Wein. Und albern von jungen Männern. Und den neuesten Frisuren.

Monsieur Poisson, ihr Chef, ist großzügig. Verlangt aber Konzentration. Genau nach der Vorlage zu arbeiten, die auf Kartons hinter den Kettfäden mit Kreide vorgezeichnet ist. Die Farben zusätzlich mit Nummern in den Feldern angegeben. In einem speziellen Ständer Schalen mit den Spulen. Jede mit derselben Nummer wie auf den Kartons. Von den Frauen bewegt die Kettfäden, gespannt vom sogenannten Kettbaum bis zum Warenbaum. Lassen wir es bei diesen Bezeichnungen, denn nirgendwo steht geschrieben, wie es wirklich war. Auf alten Stichen nur zwischen Undefinierbarem gespannte Kettfäden zu erkennen. Dreiundzwanzig Meter Breite aber sind nachgewiesen in Auftragsbüchern dieser Zeit. So unvorstellbar das ist. Denkt man an die Technik.

Kett- und Warenbaum nennt man heute Holmen aus Holz oder Metall, zwischen denen die Kettfäden gespannt und fortlaufend bewegt werden. Warenbaum also der Holmen, auf den zum Schluss der fertige Teppich der Apokalypse gewickelt ist. Kontinuierlich mit Schussfäden verknüpft nach vorgezeichnetem Muster auf den Kartons dahinter und fest geklopft. Untergrund und die vierzehn Bilder auf jedem der sechs Teppiche nacheinander in den angegebenen Farben. Batailles Werkstatt ist die größte und modernste Europas. Kaiser und Könige lassen hier Tapisserien weben. Und reiche Kaufleute wie Geldverleiher und Bankiers. Juden meist.

Von anderen Geschäften schloss man sie aus. Die Zünfte wollten es so. Zwangsläufig mussten sie mit Geld handeln, das allgemein als Sündengeld galt. Obwohl jeder es brauchte. Fürs tägliche Brot und um in den Himmel zu kommen. Von Sündenstrafen konnte man sich auch schon im 14. Jahrhundert freikaufen. Zweihundert Jahre früher als Tetzels Lied die Runde machte: „ *Sobald die Münz' im Kasten klingt – die Seele in den Himmel springt.* " Anlass für Luther in Deutschland, sich von Rom abzuwenden. Übrigens nannte er den Apostel Johannes aller Rollenmeister Gaukelsack.
Franzosen handhaben die Apokalypse praktisch. Nahmen sie für bare Münze, weil es so in ihrer Bibel steht. Separat in einem Anhang, den man lesen konnte, aber nicht musste. Die Predigten von Jesus Christus war wichtiger.

In einem der Holzschalen liegen die Spulen mit Laine-Garn. Die Frauen sind am Saum von Johannes' Mantel angelangt. Ziehen mit dem Weberschiffchen Rosa ein, klopfen das Garn fest auf das darunterliegende, geknotete. Zieht und knüpfen Reihe nach Reihe übereinander, bis der Kreidestrich Stopp sagt. Abschneiden, zwei Zentimeter unter der neuen Farbe stehen lassen. Alles Zuviel wird beim Scheren zum Schluss abrasiert. Es dauert. Wie man sich denken kann. Laine sieht sich um. Lauter Rosa, Bis jetzt nur das ihrer Wolle. Weiter oben immer noch rosa die Skizze auf den Kartons. Es werden noch viele Meter rosa Garne gebraucht. Die dann von anderen Schafen stammen müssen. Sonst ergäbe sich keine so große Fläche Rosa.

Vielleicht finde ich eine Freundin, denkt Laine. In der Annahme, Rosa können nur Mädchen sein. Da spricht sie irgendwer von hinten an. Die Stimme klingt männlich. Nicht so dunkel wie von umbragrünen oder kobaltblauen Garnen. Aber nicht unsympathisch: „Liebes Fräulein, darf ich 's wagen, Arm und Geleit ihr anzutragen?

So ein Pfiffikus, denkt sie. Klingt wie irgendwo abgeschrieben. Schöne Worte machen und wissen, ich bin gefesselt bis zum jüngsten aller Tage. An dem dieses apokalyptische Ereignis stattfindet. Von dem wir ein winziges Detail nur sind. Gespannt, ob Garne es überleben. Wenn 's dann wirklich passieren sollte. Dreht im Geiste ihren Kopf nach hinten: „Ach schöner, lieber Mann, Sie meinen es gut. Doch befind ich mich in einer prekären Lage. Kann nicht vorwärts, nicht seitwärts, mich ganz und gar nicht wenden. Nur in Gedanken mit Ihnen spazieren gehen. Und hoffen, Sie verführen mich nicht hinter dem Holderbusch." Die Kreidestriche deuten ähnliches an auf dem Karton, einen halben Meter höher.

„Bin ein guter Christ, sonst hätte ich mich nicht gefreut, ein Minimum zu sein. Am Saum eines Mantels. Von dem aus ich höher komme hoffentlich, ein wenig. Frauen sehe ich jetzt zum zweiten Mal in meinem Leben. Angenehm finde ich es, wenn sie mich streicheln beim Drallen und Spinnen."

So geht es eine Weile. Kein Mensch hört, was sie reden. Keine Frau reißt ihnen die Ohren lang. Sie sind zu beschäftigt, um anderes als an Knüpfen zu denken. Konzentriert. Nichts kann sie ablenken. Machen sie etwas falsch, verlieren sie ihren Job. Bald sind alle Garne mit Peles Haaren auf dem Teppich. Neue Spulen müssen her. Mit anderer Schafe Haare in den Garnen. Im gleichen Rosa gefärbt. Je weiter sie durchgezogen und geknüpft werden, Reihe um Reihe auf den Warenbaum gerollt, verliert Laine sie aus den Augen. Auf sich allein gestellt oder gelegen.

Gezogen noch besser gesagt. Fest geklopft auf aberhundert Garnen an immer denselben Kettfäden. Keine Abwechslung. Himmelhoch die Kettfäden, auf denen sich Reihe nach Reihe die gewebten Garne hochschieben werden. Die Farben wechseln laut Skizze. Das Bild vom Neuen Jerusalem vervollständigt sich peu à peu.

Eines von vierzehn Bildern auf diesem sechsten Teppich. In der unteren Reihe das letzte. Alle zusammen das, was nach dem endgültigen Urteil des Jüngsten Gerichts übrig bleibt. Gott auf dem Thron, alle Teufel in der Hölle, Johannes mit dem Engel und vor Jesus Christus, seinem Lehrer. Das Neue Jerusalem. Die Bilder abwechselnd mit rotem oder blauem Untergrund neben- und untereinander. Auf allen sechs Teppichen das gleiche Muster. Schachbrettähnlich. Jede der vierzehn Bildszenen um die zwei Meter hoch und drei Meter breit.

Es dauert anderthalb Jahre, bis die Knüpferinnen am oberen Ende des Teppichs angelangt, der Untergrund mit allen vierzehn Bildern fertig geknüpft ist. Das 138 Quadratmeter große Werk von der Rolle genommen, gewaschen und geschoren, die Kanten rundum befestigt und Überstehendes abgeschnitten. Jetzt hängt der große Teppich in einem provisorischen Rahmen. Noch hinterfüttert, wie man bei der Restaurierung im

20sten Jahrhundert entdeckte. Die Rückseiten darunter ließen auf leuchtende Farben schließen. Das Neue Jerusalem überstrahlt alle anderen Motive. Absicht oder Zufall? Die Frauen beginnen, die Kettfäden für den nächsten Teppich zu spannen.

Monsieur Bataille kann kommen, der Herzog, zur Schlussabnahme. „C' est magnifique" staunen auch die Frauen, als sie noch einen Blick auf ihr Werk riskieren. Stolz, an Bildern mitgewirkt zu haben, die anders sind als alles bisher. Aus neun verschiedenen Farben geknüpft. Und eingerahmt wie ein Gemälde jedes. Eindrucksvoll das Neue Jerusalem: Gottvater in einer Wolke über allen Türmen Jerusalems. Die Dachkanten hellrosa beleuchtet von aufgehender Sonne. Ockerhell Jerusalem wie eine Burg, erhebt sich strahlend aus tiefblauem Grund. Auf dem sich helle Linien ranken und krümmen, Blätter werden, Kreise zu Blüten. An ihrem Fuß Gebirgiges. Je eine blühende Palme rechts und links der Burg. Von wiegenden Wellen bewegt der Vordergrund. Eine feste Burg ist unser Gott, predigt Luther. Zweihundert Jahre später.

Laine, das Schafshaar im rosa Garn, hat total die Übersicht verloren. Festgeknüpft an 137 Kettfäden in diesem Bild. Jeweils von unterschiedlicher Länge.

Auf gut zweieinhalb Quadratmetern Fläche insgesamt. Zeit, sich wieder der Nachbarin zuzuwenden. Dem dunkelrosa Garn im Saum des Gewandes. Es hörte sich männlich an. Kann aber nicht sein, denn Widder werden nicht geschoren. Man will ihnen ihre Natur, das Fell verlieren lassen von Zeit zu Zeit. Mit ihren Hörnern stoßen, Konkurrenten verjagen. Mit dem Penis Weibchen schwängern, wenn sie der Teufel reitet. Das Garn mit der dunklen Stimme ist vielleicht auch aus Haaren mit zweierlei Genen, Wie bei Frauen, die sich angezogen fühlen. Sich küssen und streicheln und tun, was sonst nur Männer tun. Ich will 's herausfinden.

„Hör mal Freundin mit der dunklen Stimme, wie heißt du eigentlich?" „Li". „Oh, dann bist du ja ein Haar aus der Wolle meiner Schwester Lilly." Wollte über ganz anderes sprechen. Zum Beispiel: Wie wär es, wenn wir Freundinnen würden? Hast du schon mal ein anderes Haar geküsst? Jetzt aber weiß sie, dass sie verwandt sind. Und Verwandte umarmen sich nur. Haar von Haar umschlungen, immer wieder, mal links herum, mal rechts herum. Nicht mehr. Dass sich auch Verwandte heute dreimal küssen bei Begrüßung und Abschied, weiß Laine nicht.

Als sie jetzt darüber nachdenkt, fühlt sie Sehnsucht zu küssen. Wird stärker, eine Sucht fast. Da platzt es aus ihr heraus: „Li, hast du schon einmal ein anderes Haar geküsst? Eines von einem Widder? Oder eines anderen Schafes? Jetzt sind die Mäntel gefärbt, die Dächer Jerusalems. Der Teppich ist fertig. Können uns ausruhen und schmusen bis zum Jüngsten Tag." Wiederholt die Frage noch einmal mit Nachdruck: „Möchtest du meine Freundin werden?" „Gerne, dann dreh dich bitte zu mir herum. Damit ich dein Gesicht sehe. Nein", als besänne sie sich, „bleibe wie du bist, dann kann ich deinen süßen Popo küssen."

„Laine erschrickt und protestiert: „Pfui, schäme dich Li. Popo denkt man nicht, sagt man nicht. Küsst schon gar nicht." „Reg' dich nicht auf, alles hat eine Rückseite. Bei Lebewesen heißt sie Hintern, weil es hinten ist. Popo aber finde ich treffender. Weil jeder Hintern zwei Backen hat, Po-Po." Lacht, dass es klingt wie ausgelacht. „Zum Teufel mit dir und deinem Popo."

Da hört sie eine tiefe Stimme: „Sprich im Neuen Jerusalem nie vom Teufel. Es gibt hier keine Teufel mehr. Erzengel Michael hat sie bereits alle vertrieben. Dahin, wo sie hingehören. In die Hölle. Verdammt, in den Flammen zu schmoren ohne zu verbrennen. Bis in alle Ewigkeit. " „Amen" so sei es, antworten im Chor Seraphim und Cherubime.

Als Laine Gottes Stimme hörte, allmächtig in ihrem sonoren Klang, fühlte sie sich wie in den Arm genommen. Wunsch steigt auf: „Ach lieber Gott, wärst du doch mein Vater." Er ist zwar weit weg, aber trotzdem nah im Bild des Neuen Jerusalem. Sie hatte nie einen Vater, der mit einem lauten Blöken Feinde verjagte. Sich vor sie stellte, den Kopf gesenkt, die Hörner stoßbereit, wenn ein Fuchs heranschlich. Immer, immer unterwegs zu neuen Abenteuern. Nur Mama Pele war da. Nach der Geburt lange Monate noch darauf bedacht, dass ihr nichts passierte. Mit ihrer rosa Unterlippe gestreichelt, sie zu beruhigen. Das Fell gesäubert. Bis sie kein Baby mehr war. Und geschoren wurde.

Ab da war sie allein, reduziert auf einen Garnfaden. Während Mama Pele ihre Babys zur Welt brachte. Wieder einem Widder begegnete, der sie stach mit seinem harten Penis. Das Schicksal wird seinen Lauf nehmen. Wie immer schon, seit es Schafe gibt. Geboren, um Schafe zu gebären. Geschoren oder zu geschlachtet zu werden. Teppich oder Kotelett. Alles das Gottes Wille?

Soll sie es bedauern? Oder sich freuen, dass ihr dieses Leben erspart bleibt. Weiß nicht was sie will, Leben wie Mama oder Garn bleiben bis zum Sanktnimmerleinstag. Im Innern drehte sich alles um sich selbst. Notwendige Folge des Drehens um eine imaginäre Mitte beim Drallen und Spinnen. Fragen über Fragen, die keine Antwort finden. Alles bleibt das Geheimnis des Schöpfers aller Dinge und Lebewesen. Sagte ein Philosoph. Haare unter sich erzählten sich die fantastischsten Geschichten. Sie könnten sich so abgespielt haben. Und abspielen werden. Es ist viel zu erzählen. Im Laufe der Teppiche in Angers. Tapisserien mit einer Länge von knapp 140 Metern. Aus Abermilliarden Haaren.

Da ist zum Beispiel das Bild mit den einfallenden Reiterhorden. Beherrschendes Motiv auf der zweiten Tapisserie. Rösser, auf denen behelmte Männer lange Speere schwingen. Stechen auf Menschen ein, die schon am Boden liegen. Von den Hufen der Pferde niedergetrampelt. Selbstbewusst die Gesichter der Reiter. Ihre Haare kaum zu erkennen unter fremdartigen Helmen und Hüten. Als hätten sie keine, könnte man denken. Doch unter den irrwitzigen Kopfbedeckungen zusammengehalten. Der Wind würde sie ihnen sonst ins Gesicht wehen, gezielte Todesstöße verhindern. Die Szene ein Symbol des Krieges. Krieg einer der Strafen, die Gott verhängt über Sünder, die nicht aufhören zu sündigen. Der 100jährige Krieg zwischen Franzosen und Engländern hatte vor wenigen Jahren erst begonnen.

King Edward III. überfiel 1337 Frankreich. Eroberte nach elfmonatiger Belagerung Calais. Die Provinzen Hautes-de-France, Normandie und Bretagne. Ernannte sich selbst zum König von Frankreich. Sah sich dazu berechtigt, weil eine entfernte Verwandte einen Prinzen geheiratet hatte. Wollte eine Doppelmonarchie errichten. So wird es noch über hundert Jahre weitergehen. Zwischen den jeweils regierenden Herrscherhäusern Englands, Frankreichs und den ehrgeizigen Herzögen in seinen Provinzen. Mal siegen englische, mal französische Truppen. So ging es hin- und her bis 1453. Mit wechselndem Erfolg. Um Frauen ging 's auch oft. Mehr allerdings um die ihnen durch Erbschaft oder Witwenschaft zugefallenen Latifundien.
Jeanne d' Arc, die Jungfrau von Orleans hätte kein Thema für die Apokalypse sein können. Auch wenn

sie in diesen Auseinandersetzungen eine wichtige Rolle spielte. Als Siegerin und Verliererin. Nach ihrem Sieg über die Engländer von eigenen Verbündeten aus Eifersucht den erneut siegreichen Engländern übergeben. Vor ein kirchliches Gericht gestellt. Zum Tod auf dem Scheiterhaufen verurteilt. Wegen Ketzerei. Später Heiliggesprochen. Seitdem die Nationalheilige Frankreichs. Und Symbolfigur für Freiheit generell im Theaterstück Schillers, Bertolt Brechts und dem Song „Joanni" von Kate Bush.

Zurück zur Reiterhorde, dem Symbol des Überraschungskrieges schlechthin, nach damaliger Auffassung. Überfallen werden die größte Angst auch heute noch. Xenophobie nennt es die Wissenschaft, Furcht vor Fremden, seit Adam und Eva Kinder in die Welt setzten. Kain sich vernachlässigt fühlte. Seitdem ein Thema nicht nur in Europa. Flüchtlingskrise sagen Politiker und haben kein Rezept, solchen „Überfällen" die guten Seiten abzugewinnen. Könnte Laine, unser Schafshaar die Szene betrachten, käme sie auf die Idee, den Männern die Helme und Hüte vom Kopf zu reißen. Aber außerstande, weil sie selbst in ihren Gesichtern verwebt und verknüpft ist. Kann also nicht sehen, ob ihre Haare lockig sind oder glatt. Sie anfassen, den Drall fühlen. Sich fragen, ob Menschenhaare zu Garnen verarbeitet werden können. Ein heutiger Besucher könnt ihr die Antwort geben.

Noch nie wurden Menschenhaare zu Garnen versponnen. Soweit man weiß. Weder von Einheimischen noch von Zugewanderten. Aber schon lange ist es üblich, alte Zöpfe abzuschneiden. Will heißen, alte Gewohnheiten ablegen, neue annehmen. Z. B. willkommen heißen, die man fürchtete bisher. Zum Dinner einladen, wie es die schwedische Sozialministerin Ebbe Åkermann mit großem Erfolg empfahl. Integration der Flüchtlinge gelungen. Den jeweiligen Veränderungen mit Umsicht begegnen das Gebot der Stunde. Zu allen Zeiten. Gestern dies und heute das. Beim Umgang mit anderen Menschen. Der Mode folgt man unbesehen, bei Kleidern und Frisuren, Sitten und Gebräuchen. Bleiben wir beim Haar.

Früher war es bei Frauen Mode, Zöpfe zu tragen. Oder geflochtene Haare zum Krönchen gedreht auf dem Kopf. Zu Schnecken über den Ohren. Zu Locken gedreht mit heißem Eisen. Männer trugen Bärte und wallendes Haupthaar. Wir kennen alle solche Bilder. Heute wechseln die Moden rascher als früher. Mindestens zweimal im Jahr. Mode ist es zurzeit bei Männern jeden Alters, den Schädel kahl zu rasieren. Die Bärte lang und wuselig oder sauber geschnitten wie eine Girlande gehängt, vom Kinn bis an die

Schläfen rechts und links. Andere lasen sich auf kahlen Köpfen von Frisur-Designern Bürsten verpassen. Mal schräg, mal quer, mal in der Mitte, den Kahlkopf originell erscheinen zu lassen. Schöner als er ist. Länger oder kürzer die Haare geschnitten. So um die zwei Zentimeter. Ob es Männer schöner macht ist eine Frage der Ästhetik.

Junge Mädchen haben es einfacher. Sie lassen ihre Haare wachsen, so lange sie wachsen. Je länger desto lieber. Der Freund liebt lange Haare. Mit Band oder Spange abgebunden zum Pferdeschwanz. Gekürzt, zum wippenden Etwas stramm hinauf gekämmt und abgebunden. Hin und wieder auch kurz geschnitten, wie Soldaten sie haben müssen unterm Stahlhelm. Ein männlicher Typus der Gattung Frau. Nicht selten entdeckt man Frauen auch unter Soldaten. Im bunt gescheckten Tarnanzug sähen sie aus wie Männer. Wenn sie nicht Augen hätten mit langen Wimpern. Die Lippen Spuren von Rosa zeigten.

Den meisten alten Menschen fallen die Haare aus mit den Jahren. Werden fusselig, hängen in Zotteln über den Kragen. Werden zu Glatzen. Partiell oder total. Solchen hilft eine Perücke. Menschenhaare auf eine Art künstlicher Kopfhaut befestigt. Einfach über den gekürzten Althaarbestand gezogen ist man ein neuer

Mensch. Perücken kann man bürsten, kämmen, vom Friseur zu schönen Locken drehen oder flechten lassen. Nach neuester Mode. Diese Haare wachsen nicht. Untauglich für Spinnrad und Webstuhl. Dafür haben sie in Perücken andere Vorteile.

Perücken im Theater spiegeln alte Zeiten wieder. Lassen Frauen mit einem blonden Zopf zehn Jahre jünger erscheinen. Krebskranke wie in besseren Tagen aussehen. Nachdem die eigenen Haare nach der Chemo-Therapie ausgefallen sind. Alte Damen zu verjüngen mit langer Lockenpracht. Um schön zu sein wie die Venus von Sandro Botticelli, die sie im Gemälde immer schon bewunderten. Schön wie Sofia Loren, sind sie Kino-Fans. Schön wie die jungen Dinger in der Tram. Mit langen Haaren, die noch kein Föhn in Form geblasen hat. Haare gehören zum Menschen wie Pickel und Fingernägel. Man muss sie nur ausquetschen oder schneiden. Das ist auch schon alles. Schon gar kein Thema für die Apokalypse.

Auch nicht, wenn sie mit Himmel und Hölle im weitesten Sinne zu tun haben. Wie bei Nonnen und Mönchen. Für sie ist das Haar ein Symbol der Lebenskraft. Wächst unaufhörlich. Sie wollen dieses lebenslange Wachsen Gott weihen bis er sie zu sich ruft. Anfangs ließen sie sich komplett rasieren. Einmal die Woche die Männer. Opferten quasi ihr Haar Gott, ihrem neuen Herrn. Verzichteten auf alle irdischen Gelüste, einschließlich Sex. Ein geschlechtliches Neutrum. Ab dem 6ten Jahrhundert kennt man Tonsuren. Abgeleitet vom lateinischen tondere, scheren. Auf Gemälden von Giotto sehen wir Franz von Assisi, den Gründer des Bettelordens der Franziskaner mit einer Tonsur. Kahl geschoren der Kopf bis auf den Haarkranz um die glatt rasierte Mitte. Die aussieht wie ein misslungener Heiligenschein.

Orthodoxe Juden habe lange Schläfenlocken, tiefinnerste Frömmigkeit auszudrücken. Buddhistische Mönche kennt man nur mit Glatzen. Oft auch die Körperhaare rasiert. Ausdruck totaler Entäußerung von der Welt. Aufs Nirwana konzentriert, meditieren, entsagen aller irdischen Genüsse. Heute ist es auch hier bei Männern aller Altersstufen modern, Glatze zu zeigen. Ganz selbst sein, denken Glatzköpfe. Ob auf Schädelform reduzierte Weltanschauung überzeugt, kann bezweifelt werden.

Wieder bei den Tapisserien. „Auf den Bildern wundersamste Erscheinungen, große Verwüstungen unermesslichen Grauens, gnadenvolle Visionen. In jedem

Bild Johannes, staunt, leidet, erschrickt. Jedes Wort des dunklen Textes wird auf diesem wundersamen Wandbehang drastische Wirklichkeit." Schreibt Elke von Radziewsky in der „ZEIT", Januar 1986.

Auf dem zweiten Teppich sieht man Johannes, den Erzähler. Gottvater, ein Buch mit sieben Siegeln in der Hand. Niemand kann es öffnen. Da bricht das Lamm Gottes, also Jesus, die Siegel, Engel blasen die Posaunen. Die schlimmsten Übel brechen über die Menschheit herein. Vier dieser Motive seien hier kurz beschrieben. In jedem der vierundachtzig Bilder steht Johannes. Mit und ohne Buch. In einem Tempelhäuschen links außen. Allgegenwärtiger Autor dieser unglaublichen Geschichten.

Erstes Beispiel: Auf dem Teppich blau in blau Landschaft mit Bäumen. Beherrschend groß das Pferd im Vordergrund, den Kopf eines Königs auf dem Hals. Gekrönt wie der Reiter auf bestickter Schabracke. Auch der ein König, Flügel hat wie eine Fledermaus. In Gesellschaft ängstlicher Ritter. Gefolgt von sieben Königen auf Pferden. Alle mit Kronen. Aus der Wolke über ihnen bläst ein Engel die siebte Posaune. Johannes im Tempelhäuschen am linken Rand des Teppichs breitet die Arme aus: die ihr den Verlockungen verfällt, Macht über andere zu haben statt sie zu lieben, werdet verdammt sein.

Zweites Beispiel: Hier ist der Untergrund rot und blau geteilt. Auf rotem Boden ein siebenköpfiger Drache mit hoch aufgerichtetem Schwanz. Auf seinen ebenfalls hochgereckten sieben langen Hälsen Köpfe von Schakalen. Im Oval zwischen Hälsen und Drachenschwanz die Gottesmutter Maria mit dem Kind. Thronend auf einer blauen Wolke. Unerreichbar getrennt vom Drachen durch eine weiße, gekräuselte Girlande. Ihren Armen entwindet sich das Jesuskind. Fünf Engel helfen ihm dabei. Ihre roten oder blauen Flügel flattern. Ihre Haare wehen. Gott auf dem Weg, von der Mutter hin zu den Menschen, das Heil zu verkünden. Johannes im Tempelhäuschen lächelt glücklich und zufrieden.

Drittes Beispiel: Überwiegend blau der Untergrund. Der Apostel Johannes will das Buch verschlingen, noch verschlossen von sieben Siegeln. Als hätte er die Absicht, all das Grauen zu verhindern. Der Engel hinter ihm hält ihn an den Schultern fest. Zu helfen bei der schwierigen Prozedur. Der Erzengel ihm gegenüber mit dem Buch in der Hand: es ist Gottes Buch, nicht deines, scheint er zu sagen. Weist mit der anderen zum Himmel. Es muss geschehen, wie Gott es geplant hat. Die Guten belohnt, die Bösen bestraft werden am Ende der Zeit. Auch hier dominiert Blau.

Das Gewand Johannes in kühlem Rosa und wärmer die Farbe beim Erzengel.

Viertes Beispiel: Der Untergang Babylons. Zusammenkrachende Häuser. Mauern stürzen ein, Menschen versuchen zu fliehen. Teufel, erkennbar an Hörnern, wirbeln durch die Luft. Hoch geschleudert von ihrer Selbstherrlichkeit. Da sieht man, wohin Hurerei und geile Sinnenlust führen. Babylon die Hure im Alten Testament genannt. Die Engel oben in den Wolken scheinen das Gottesurteil auszuführen. Johannes im Tempelhäuschen schaut gelassen zu. Die Arme aufgestützt. Ich hab 's ja immer schon gesagt.

Sieben eine heilige Zahl. Sie hat in vielen Religionen eine große Bedeutung. In der christlichen Numerologie steht sie für das Vollkommene. Im Glauben für sieben Tugenden, sieben Todsünden und sieben Plagen. Muslime sprechen von sieben Himmeln. Bei Juden hat der Leuchter Menora sieben Arme. Sieben Tage hat die Woche, die Erschaffung der Welt laut Bibel. Am siebten Tage sollst du ruhen. Hier in den Teppichen posaunen sieben Engel zu den sieben Plagen. Zwei Tiere mit sieben Köpfen stehen sich gegenüber. Der mit Löwenköpfen gegen den mit Köpfen eines geflügelten Schakals.

Johannes im Tempelhäuschen ist seiner Sache sicher:
Der Löwe wird den siebenköpfigen Drachen besie-
gen. Löwe, das Symbol seines Kollegen, des Evange-
listen Markus. Verkünder des Wortes Gottes.

Es muss auch noch anderer Schafe Wolle rosa gefärbt
worden sein. Außer der von Pele. Und jede Menge
Rot, Blau und Grün und Gelb. Die Herden der Provence hätten es nicht hergegeben. Zusammenge-
nommen aber die von Schafen aus anderen Provinzen Frankreichs schon. Normandie, Bretagne, Li-
mousin und ländlichen Regionen im Umkreis. Genug
Wolle, um sechs Tapisserien mit je 84 Bildern die
gewünschten Farben zu geben. Neun Jahre brauchte
es, die sechs Tapisserien fertigzustellen.

Man fragt sich, wo und wie diese tonnenschweren Riesenteppiche gelagert und transportiert wurden. Sie zu weben, zu knüpfen, zu waschen, zu scheren schon ein unvorstellbarer Kraftaufwand. Trotz technischer Hilfsmittel. Historiker konnten herausfinden, dass sie wohl zum ersten Mal im Schloss von Angers zu sehen waren. Bei den Feierlichkeiten aus Anlass des zehnten Jahrestages vom Ordre-de-la-Croix. Später auch bei anderen Feiern, einem Karfreitags-Gottesdienst in der Kathedrale von Angers. Auf der Hochzeit eines Fürsten im Schlosspark. An stabile Gestelle gehängt jeweils. Transportiert zusammengerollt? Eher auf etwa ein Viertel herunter gefaltet. Auf damals gebräuchliche Karren zu laden. Die Wege waren nicht weit in Angers.

Heute würden sie im hochversicherten Container per Schiff transportiert. Begleitet von wachsamen Boys mit einem Revolver in der ausgebeulten Brusttasche des Jacketts. Auf dem Weg ins „Metropolitan Museum of Art" nach New York. Amerikaner sind süchtig nach allem, was alt ist. Besonders nach antiker, mittelalterlicher Kunst aus Europa. Sie reisen in die Kunststädte, Athen, Rom, Pompeji, Florenz oder Paris. Sie selber haben sich zu lange zusammenraufen müssen, um Zeit und Lust zu haben, vergleichbare Kunst zu schaffen. Außerdem wären sie gerade mal zweihundert Jahre alt. Jung im Vergleich zu der sechshundert Jahre alten Apokalypse. Die Kunst alteingesessener Indianer in ihrem Staat verstehen sie nicht. Was Menschen nicht verstehen, können sie nicht schätzen

Bald aber gerieten die Teppiche aus Angers in Vergessenheit. Unpraktisch waren sie sowieso. Andere Ideale bestimmten Alltag und Kunst. Renaissance und Barock verehrten andere Götter. Die Angst vor Gottes Strafgericht verflogen. Das Diesseits genossen, der Mensch ist Mittelpunkt der Welt. Um den sich alles dreht. Gott und Engel im Himmel nur noch gemalt auf Bildern. Fresken gewölbter Kuppeln in Kirchen und Dome über dem Hauptaltar. Mutter Maria auf Andachtsbildern in Kapellen. Heilige aus Marmor gehauen, aus Holz geschnitzt und koloriert. Modelliert und in Bronze gegossen.

Gallionsfiguren auf prunkvollen Altären, an dicken Pilastern und Säulen im Kircheninnern. In Villen und auf städtischen Plätzen In der Nachbarschaft antiker Göttersymbole und Obelisken des alten Ägypten. In Ausstellungen die heilige Barbara in Gesellschaft der Venus von Milo. Einer Kopie der gebildeten Kurtisanen aus Herculaneum.

Luzifer nur noch Drohfigur in Predigten. Gläubige zu stimulieren, den Peterspfennig zu verdoppeln. Luther kam und mit ihm wurden viele Fürsten Mitteleuropas protestantisch. Die Apokalypse praktisch abgeschafft.

Im 18ten Jahrhundert änderte sich alles

Auch die Technik des Webens von Stoffen, Knüpfen von Teppichen. Fortlaufend verbessert wie Werkzeuge, alles Räderwerk, Geräte für Landwirtschaft und Bau. Schon im 16ten Jahrhundert erfand ein Weber gelochte Holzbrettchen, seine Webstühle quasi per Lochkarte zu steuern. 1728 entwickelte Jaques de Vaucanson diesen Typ weiter zu einem Halbautomaten. Aber nie industriell eingesetzt. Auch nicht der Schnellschütz John Kays, ein Weberschiffchen, das die Geschwindigkeit des Webens verdoppelte. Erst der Brite Edmond Cartwright konstruierte den ersten vollmechanischen Webstuhl. „Power Loom" genannt. Am 4. April 1786 als Patent angemeldet. Im selben Jahr noch trieb eine Dampfmaschine die Mechanik des Webstuhls an. Der Mensch überflüssig?

Es war der Anfang einer Revolution. Der sogenannten industriellen Revolution mit Maschinen, die Menschen nur noch brauchte, sie ein- und auszuschalten. Viele Arbeitsplätze überflüssig. Maschinell gewebt spart Zeit und kostet folglich weniger. Die Qualität sogar verbessert. Mehr Leute konnten sich gute Stoffe leisten. Nicht nur Adel und reiche Kaufleute wie bisher. Nach 1815 Schäden der Napoleon-Kriege beseitigt, die Wirtschaft blühte auf peu à peu. Die

Ansprüche von Eliten und normalen Bürgern wuchsen. Alles schien möglich zu sein. Nur die Weber verloren alles. Schon 1792 brachen die ersten Weberaufstände in Augsburg aus. Nachdem die ersten Webmaschinen in England Stoffe billiger produzierten. Verständlicherweise hunderte Weberwerkstätten benachteiligten, die sich im Raum Augsburg konzentrierten. Ebenso viele Familien betroffen, die vom Verkauf gewebter Stoffe lebten.

Nicht lange und auch inländische Billiganbieter unterboten sie. Weniger Aufträge für die einheimischen Manufakturen, weil teurer als die Konkurrenz. Das führte zu noch mehr Einkommensverlusten. Gesellen verweigerten ihre Zahlung in die Gesellenlage. Eine Art Krankenversicherung. Und zettelten Tumulte an. Es kam zu Demonstrationen, die von der Polizei niedergeschlagen wurden. Die Rädelsführer verhaftet. Viele verließen die Stadt. Der Lebensunterhalt der Unternehmer verschlechterte sich. Die Stadtverwaltungen schlugen sich auf die Seite der Kapitalgeber. Größtenteils Mitglieder des Adels. 1794 stürmten dreihundert Webermeister das Rathaus. Setzten einen Einfuhrstopp der Billiganbieter durch. Der dann wieder gelockert wurde. Erneute Unruhen, der stellvertretende Bürgermeister gekidnappt. Truppen greifen ein, hielten die Häuser der Weber besetzt anderthalb Jahre lang. Kost und Logie für die Besatzer hatten die Webermeister zu zahlen.

In Schlesien begannen die Aufstände 1844. Aus Protest gegen zunehmende Verlagerung der Tuchproduktion. In Fabriken mit mechanischen Webstühlen. Bisher webten Familien wie überall Stoffe in Heimarbeit. Die industriell gefertigten besaßen höhere Qualität. Ließen sich schneller und preisgünstiger herstellen. Die Weber erhielten folglich weniger Aufträge und weniger Geld. Alles lief auf eine Katastrophe zu. Lebensmittel wurden wegen Missernten in den 1840ern teurer. Die Preußische Regierung in Berlin garantierte die Rechte des ortsansässigen Adels.

Handwerksbetriebe wie Webereien blieben abhängige Häusler. Die sogenannte Feudalabgaben zahlen mussten: Grundzins, Webzins, Schulgeld u. a. m. Dann kam alles knüppeldick. Die schlesischen Weber versuchten den Preisverfall durch Qualität wettzumachen. Es gelang ihnen nicht mitzuhalten. Die leistungsstärkeren, aber teuren Maschinen aus England konnten sie nicht finanzieren. Mussten die Löhne senken.
Zehn bis zwanzig Silbergroschen pro Woche ein Hungerlohn. Alle in der Familie mussten mitarbeiten, um einigermaßen über die Runden zu kommen. Tagelange Reisen mit den produzierten Stoffen zu ihren Auf-

traggebern unvermeidlich. Die Webstühle zuhause standen still, wenn nicht ihre Kinder gelernt hatten, sie zu bedienen. 1844 führten diese Zustände zur ersten proletarischen Erhebung. Es rumorte in Deutschland, wenige Jahre vor der Revolution 1848. Die vieles veränderte.

Philosoph und Gesellschaftskritiker Karl Marx beobachtete alles aus seinem Londoner Exil. Wohin er flüchtete, als die Preußische Regierung ihn zum Staatsfeind erklärte. Befürchtete schon länger, technischer Fortschritt führe zwangsläufig zu Massenarbeitslosigkeit. Sein Buch „Kritik der politischen Ökonomie" analysierte präzise die Verhältnisse in Wirtschaft und Politik. „Das Kapital" ein kommunistisches Manifest. Ab da die Bibel der Intelligenz. Einfache Arbeiter verstanden die Sprache des Philosophen nicht. Sie folgten den Parolen der Sonntagsredner. Hoffend, alles wird besser, wenn sie streiken.

Durch Kunst und Literatur blieben die Weberaufstände im Gedächtnis. Gerhard Hauptmanns Drama „Die Weber" bis heute ein loderndes Bühnenstück. Menschen aufzurütteln. Schon früh schrieb Heinrich Heine ein Gedicht, das die damalige Lage zugespitzt beschrieb:

Die schlesischen Weber

Im düstern Auge keine Träne – wir sitzen am Webstuhl und fletschen die Zähne – Altdeutschland wir weben dein Leichentuch – wir weben hinein den dreifachen Fluch – Wir weben! Wir weben!

Ein Fluch dem falschen Vaterlande – wo nur gedeihen Lüg' und Schande – Wo nur Verwesung und Totengeruch – Altdeutschland wir weben hinein den dreifachen Fluch – Wir weben! Wir weben!

das Schiffchen fliegt – der Webstuhl kracht – wir weben emsig Tag und Nacht – Altdeutschland wir weben dein Leichentuch – wir weben hinein den dreifachen Fluch – Wir weben! Wir weben!"

Zurück zu den Tapisserien in Angers. Was keine Offenbarung vorhergesagt, im Jahr der Französischen Revolution 1789 änderte sich auch in Frankreich alles. Es schien ein verfrühter Weltuntergang zu sein. Mit ungeahnten Ereignissen. Statt feuerspeiender Ungeheuer, apokalyptischer Reiter und posaunender Engel das aufmüpfige Volk. Grund genug hatte es zu murren, zu meutern. Rechte und Vermögen besaß nur der Adel. Aufgehetzt von den Jakobinern verließen Arbeiter ihre Werkstätten und Gutshöfe, in denen es bislang für einen Hungerlohn schuften musste. Gingen auf die Straßen. Randalierten, plünderten Juwelierläden, Geschäfte des niederen Adels. Alles, was nach Reichtum roch, ihre Beute. Zwangen durch Krawalle den Ständerat, ihren König Louis XVI. auf der Guillotine enthaupten zu lassen. Und die Köpfe rollten hundertweise. Königin Marie Antoinettes hübscher Kopf neun Jahre später. Etlichen Adeligen und Paladinen des Königs gelang es, ins Ausland zu fliehen. Maximilien Robespierre die treibende Kraft in der Jakobinerpartei.

„Liberté-Egalité-Fraternité" die neuen Schlagworte. Freiheit – Gleichheit – Brüderlichkeit. Im Ballhaus eine neue Verfassung beschlossen. *„Allons enfants de la patrie, le jour de gloire est arrivé".* Auf denn, Kinder des Vaterlandes, der Tag des Ruhms ist da – die neue Nationalhymne. Bis heute übrigens. Aufständische mit Waffen versorgt. Disziplinlose Soldateska plünderte Kirchen und Klöster. Brachte deren Insassen um. Mönche, Nonnen und Kinder. Raubte alle Gold- und Silbergefäße aus Sakristeien, Truhen des Adels. Zerschlug steinerne Kunstwerke, die Köpfe ab von Heiligen. Wunderbare Skulpturen an den Fassaden tausend Jahre alter Kathedralen. Zertrümmerte den Adam im Türsturz der Kathedrale von Auton. Eva, die später berühmt gewordene Skulptur, ließen sie unbehelligt. Zu bewundern heute im Musée Rolin, nicht weit von der Kathedrale. Ève sans Adam.

Auch nicht verschont blieben die 140 Meter Tapisserien mit den apokalyptischen Szenen des Johannes. Alles Christliche musste verschwinden. Weil mit Privilegien von Kirche und Adel verbunden. Ihre Besitztümer sowieso. Sie raubten die Teppiche. Zerschnitten sie in handgerechte Teile, um sie besser verkaufen zu können. Im Departement Pays-de-la-Loire fanden sie genügend Abnehmer. Obstbauern schützten mit ihnen ihre Orangenbäume vor winterlichen Frösten. Bürger in den Städten benutzten sie als Decken, Bettvorleger, Abdeckplanen. Niemand wusste, dass es hohe Kunst war, die sie für profane Zwecke nutzten. Nahm es als das was es war, ein Stück Stoff. Billiger als neues Leinen beim Händler. Farben und figürliche Fragmente eine hübsche Gratis-Zugabe. So dämmerten die Reste der wunderbaren Teppiche dahin. Unerkannt ihre künstlerische und historische Bedeutung.

Bis 1843 der Bischof von Angers sich für ihre Rettung einsetzte. Angeregt von alten Schriftstücken und Briefen seiner Vorgänger. Die die Vorgänge damals minutiös beschrieben. Begann in den genannten Gutshöfen zu suchen. In Stadtpalästen. Fragte, forschte mit großem Eifer nach den Fragmenten in seiner Diözese. Und weit darüber hinaus. Kaufte Teilstücke, die er fand und bezahlte sie aus seinem Privatvermögen. Seine Mitarbeiter ließen kein Bauern- und Bürgerhaus unbesucht. Bekamen etwa zwei Drittel des ursprünglichen Volumens zusammen. Der Rest blieb verschollen für alle Zeit.

Mühselig und zeitaufwändig die Arbeit, die Einzelteile wieder passgenau zusammenzusetzen. Die Kosten zahlte diesmal der Staat aus seinem Kulturfond. Experten in alter Web- und Knüpftechnik bis ins 20te Jahrhundert damit beschäftigt. Anhand noch vorhandener Kartons bei Poisson Paris. Und der Fantasie künstlerisch Begabter. Neueste Erkenntnisse der Materialforschung, Einfühlungsvermögen von Künstlern halfen bei der Rekonstruktion der Bildmotive und ihrer farblichen Beschaffenheit. In mühsamer Kleinarbeit gelang es, die erste, vierte und fünfte Tapisserie fast in alter Größe zusammenzusetzen. Zu ergänzen wo nötig. Dreiundzwanzig Meter breit, fünf Meter hoch statt früher sechs jeder von ihnen. Von den anderen blieben einzelne Szenen übrig, die sich thematisch nicht mehr einem bestimmten Teppich zuordnen ließen.

Trotzdem beeindrucken die hundert Meter neben- und untereinander gehängter Bilder aus den drei kompletten Teppichen und andere aus gefundenen Resten. Zwei mal drei Meter jede Szene, groß genug, sie mit allen Details zu studieren, zu bewundern. Ihre

Farben leuchten nicht mehr so wie früher. Aber noch gut zu erkennen, auch im dezenten Licht der Ausstellungshalle. Ihre Rückseiten unter einem Futter, vollem Tageslicht nur selten ausgesetzt, bestätigen, dass es ursprünglich intensiv leuchtende Farben waren. Das Gebäude, in dem sie heute zu sehen sind, wurde in den Jahren 1953-1954 errichtet. Integriert in das oberste Geschoss des Schlosses in Angers. Der Eingang neben einem neu angelegten Blumengarten. Wenige Schritte nur zu einer erhaltenen Gartenanlage aus Zeiten der Renaissance. Mit blumenblühenden Beeten, von niedrigem Dunkelgrün des Buchsbaums eingefasst, Muster wunderschöner Teppiche. Von vier rundmächtigen Türmen in der Umfassungsmauer bewacht.

Das Licht in der Halle bewusst gedämpft und gefiltert, um die ohnehin von Alter und artfremder Nutzung gebleichten Farben nicht noch blasser werden zu lassen. Die Mauern des Gebäudes aus Steinen der Gebirge ringsum. Dunkelgrauem Granit. Mit Streifen aus hellem Muschelkalk. Angepasst den runden Mauertürmen des Schlosses. Das Blanka von Kastilien 1232 – 1242 und Ludwig IX. bauen ließen. Damals Regierungssitz des Herzogtums Anjou. Französisches Kulturbewusstsein erweist dem Wunder der Offenbarung den Respekt, der ihm gebührt.

Heute heißt es Geld verdienen

Die Zucht von Schweinen, Rindern und Schafen dient heute meist dem Zweck, mit dem Verkauf ihres Fleisches Geld zu verdienen. Schaf schmeckt anders als Schwein und Rind. Ursprünglicher irgendwie, leckerer jedenfalls solchen, die immer schon Lämmer lieben. Wer weiß warum? Vielleicht weil Keule und Rückenstück so handlich sind. Im Gegensatz zu denen von Rindern und Schweinen. Bevorzugt die Lammkrone. Ihre Rippenenden verziert mit Ringlein aus plissiertem, weißem Papier. Auf schön gedecktem Tisch nicht zu übersehender kulinarischer Höhepunkt. Einzeln aufgeschnitten als Kotelett. Die Keule in Rotwein und Lorbeer gegart ein Hochgenuss. Innereien nur noch in den Herkunftsländern, nach althergebrachten Rezepten gebrutzelt mit Rosmarin, Lorbeer und rotem Pfeffer.

Ihre Wolle spielt nicht mehr die Rolle wie damals. Baumwolle und Garne aus synthetischen Fasern haben ihr den Rang abgelaufen. Was die Quantitäten betrifft. Gewinnung und Verarbeitung sind billiger, die Preise niedrig. Wolle nur noch wettbewerbsfähig mit Anteilen von Baumwolle oder Kunstfasern. Meist 50:50%. Frei umherziehende Herden zu kontrollieren, Schur von Hand und aufwändige Prozesse des Spinnens, Knüpfens und Webens von Hand zu teuer.

Trotzdem sieht man Schafe dann und wann. Da und dort. Vergessen wir Schäfchen, die gezählt werden sollen, wenn man nicht einschlafen kann. Bisher hat niemand sie gesehen. Wie soll man sie dann zählen? Volksweisheiten sind keine verlässlichen Ratgeber. Reisende aber auf ihren Flügen in Nord- und Südamerika sehen endlose Schafherden über endlose Flächen ziehen. Zehntausende können es sein. Große Herden auch in den „sheep-stations" Australiens und Neuseelands.

Öfter als einmal pro Woche schlachtete kein Metzgerbetrieb. Seit Jahrhunderten wird bei Bauern das Schachtfest gefeiert. Zwei-, dreimal im Jahr. Aber die riesigen Herden von Rindern und Schafen verlangten nach Hundertschaften mit Äxten, Sägen und scharfen Messern. Täglich zu schlachten. Die Menschheit vergrößert sich rasant. Und alle haben Hunger. Schlachthöfe entstanden mit Verladestationen. Heute mit modernster Technik. Computergesteuerte Hebezeuge und lange Transportbänder ersetzen menschliche Arbeitskraft. Gelernte Fleischergesellen trennen mit Kreissägen die Leiber in zwei Hälften. Die Klauen ab, das Bein in Scheiben, Mark zu gewinnen. Schneiden mit scharfen Messern Herz, Lunge Leber und Gedärm heraus. Der Kopf schon lange im großen Blechkasten, mit anderem Gekröse, ungeeignet als Nahrung für

Menschen. Aber klein geschnetzelt oder durchgedreht in der Dose, Besitzer von Hunden und Katzen zu locken mit „Chappi" oder „Kitekat".

Niemand sieht wie die Tiere verenden. Vielleicht noch im vergitterten Transportauto. Schachthöfe weit außerhalb von Städten. Des unangenehmen Geruchs wegen. Von Fäkalien vermischt mit Blut und Urin. Den letzten Schrei der Kreatur, den Schuss aus der Pistole kann niemand hören. Dennoch begegnet man Schafen dann und wann unterwegs.

Laufen einem Autofahrer in Schleswig-Holstein Schafe mit Lämmern über den Weg, hält er sofort an. Denkt: wie schön. Erinnert Kinderbücher mit Lämmchen. Als Spielfigur ausgestopft mit bimmelndem Glöckchen am Halsband. Spielzeug und Einschlafhilfe ungezählter kleiner Mädchen und Jungen, die funktionierte. Zu Ostern jedes Jahr backen Konditoren ein Osterlamm. In Cellophan-Haube verpackt, sich beliebt zu machen mit einem Ostergeschenk. Zu schön, es zu verzehren. Es soll Leute geben, die es bis Pfingsten auf ihrem Vertiko stehen lassen. Unangeschnitten unter der Cellophanhaube.

Dem Reiter in der Lüneburger Heide, dem Wanderer auf Nordseedeichen, der Insel Helgoland, den wiesenreichen Höhen im Süden Deutschlands kommen ähnliche Gedanken und Bilder.

In Europa sind die Herden lange nicht so groß wie die in den USA, Texas, Maryland, Arizona und Oklahoma. Nicht so groß wie in Western- und South-Australia, Neuseeland. Neuerdings auch in China, das am Boom teilhaben will. Insgesamt etwa eine Milliarde Schafe weltweit. Großbritannien mit 16 Millionen Schafen Spitzenreiter in Europa. In Spanien mit 11 Millionen vorwiegend Merinoschafen, Rumänien und Griechenland mit 7 bzw. 6 Millionen Tieren. Deutschland mit knapp 2 Millionen weit angehängt. Und Frankreich?

Was bleibt?

Frankreich scheint sich nicht geändert zu haben, trotz Revolution. Wie immer schon im Laufe seiner langen, ereignisreichen Geschichte. Das Homeland Karls des Großen. Hoch zu Ross sein bronzenes Standbild als Gründer des Frankenreiches vor Notre Dame in Paris. Zahlreiche Dynastien aus dem Geschlecht der Valois mit 22 Königen folgten. Dem der Bourbonen mit fünf. Mit der Revolution begann eine neue Zeit. Napoleon kam für ein paar Jahre und verschwand. Abgelöst von Präsidial-Republik mit Parlament, Regierungspartei und Opposition. Der Präsident entscheidet. Fast so omnipotent wie Karl der Große und Napoleon seinerzeit. Das Volk feiert im Bistro das Ende einer arbeitsreichen Woche. Ältere Männer vertreiben ihre freie Zeit mit kiloschweren eisernen Kugeln. Werfen sie soweit sie können auf sandigem Platz. Schlagen Konkurrenten aus dem Feld, um zu gewinnen. Pétanque nannte man früher dieses Kugelwerfen. Heute sagt man Boule spielen.

Frankreich ist ein Reiseland. Römische Amphitheater locken. In denen antike Komödien, moderne Dramen von Anouilh und Yasmina Reza gespielt werden. Der Papstpalast in Avignon mit Diana, der römischen Jagd-Göttin, 1309 gemalt auf eine Wand des Schlafzimmers Papst Clemens V. Für den sie ein Abbild der Himmelskönigin war. Die Renaissance-Schlösser an der Loire mit ihren kunstvoll abgezirkelten Gärten. Schlichte Klöster, die zu Tagen der Besinnung einladen. Oder Flucht aus bedrohlichem Alltag. Wie 1111, als Englands Oppositionsführer Thomas Becket vorübergehend Schutz suchte. Nach seiner Rückkehr im Dom von Canterbury ermordet wurde. T. S. Elliots Drama „Mord im Dom" aktuell wie eh und je.

Eiffelturm, Notre Dame und die Glastürme des neuen Paris. Bistros, Cafés und Drei-Sterne-Restaurants. Neun Millionen Touristen fahren jedes Jahr an diese Orte, zu den schönsten Stränden an Atlantik und Mittelmeer. In die Auvergne, Kanu zu fahren. In die Provence, den Duft ihrer Kräuter einzuatmen. Im bestickten Stoffsäckchen Lavendel mit nachhause nehmen. Den Kleiderschrank zu parfümieren. Oder eine Salatschüssel mit Besteck, beides aus schön gemasertem Olivenholz. Oder, oder, oder. Kunstfreunde genießen in Arles roten Hummer in gelber Vanillesoße. Im Café Le Vaccares, das Vincent van Gogh mit seinem Gemälde berühmt gemacht. Fahren nach Aix-en-Provence, ein Sommerkonzert zu hören. Sich von Agnes Baltsas Habanera hinreißen zu lassen in der Oper Carmen. Andere reisen nach Saint Tropez und Cannes, Brigitte Bardot zu begegnen. Oder Gerard Dépardieu. Fahren in abgelegene Gasthöfe, in denen man noch Vergangenheit schmecken kann.

Gekocht, gebraten, gebacken, in Därme gestopft, zu Pasteten geformt. Vergoren oder gebrannt, auf Flaschen gefüllt und in große Glaskelche gefüllt, die nie leer werden. Geschlafen im uralten Bettgestell mit riesigen Daunenkissen. Oder im Himmelbett eines alten Manoir. Unter einem Baldachin mit rotgoldenen Fransen. Ein rosafarbenes, schafwollweiches Nachtjäckchen auf dem Kopfkissen, pour la Madame. Farbig gemusterter Läufer vor dem Bett. In den Farben der Provence, Rosa und Violett dominieren. Schale mit frischem Obst, Messer und Serviette auf dem kleinen Tisch. Drei frisch geschnittene rosa Dahlien in der Vase. Dunkelrot glänzend auf hellrot mattem Grund das Bourbonische Lilienmuster der Seidentapete. Marmorwanne zwei Treppenstufen höher nebenan.

Standfest seit anno dazumal der Kamin aus weißem Marmor. Buchenscheite auf und zerknüllter „Le Figaro" der letzten Woche unter dem eisernen Rost. Das Streichholzbriefchen parat. Bei geöffnetem Fenster hört man die Nachtigall singen. Nachts, wenn man nicht schlafen kann. Alles duftet nach Wiederkommen. Vergangenheit ist lebendiges Heute. Die Schafherden überschaubar für Schäfer und ihre lautlos die Schafe umkreisenden Hunde. Wie immer schon in denselben Provinzen. Provence in unserem Fall.

Wo ist denn unser Schafshaar geblieben? Versteckt in rosafarbenem Garn. Den Raubzug der Revolutionäre hat es überstanden. Glück im Unglück gehabt. Das Bild des Neuen Jerusalems fast vollständig erhalten. Weil es am Ende der unteren Reihe nicht total zerschnitten wurde. Nur links von Johannes fehlt ein Stück des Tempelchens. Man ging zwar nicht behutsam mit ihm um, aber auch nicht grob. Faltete den Teppichteil auf ca. 2m mal 1,5m, damit man ihn leicht transportieren konnte. Rasch auseinandergefaltet erfüllte das Teppichteil seine neue Pflicht.

Schützt statt sich anstarren zu lassen von Neugierigen. Besonders im frühen Frühjahr, wenn die Knospen der Orangenbäume bereits sprießen. Und plötzlicher Frost sie schädigen könnte, sodass keine Blüten kommen, keine Bestäubung stattfindet, keine Orangen wachsen. Das Neue Jerusalem übernimmt die Schutzfunktion. An anderen Bäumen haben Babylon oder das siebenköpfige Tier dieselbe Pflicht. Der Himmel meint es gut mit den Früchten der Erde. Ohne Unterschiede zu machen zwischen guten und bösen Symbolen.

Schön war 's für Laine, wenn sie den Sommer über auf dem Heuboden lag. Zusammengefaltet träumte. Von einer Schafherde mit vielen Mamas und noch mehr Lämmern. Die Nähe spüren der anderen. Und

Wärme. Genug zu fressen haben und sich wohl fühlen in ihrer Haut, bzw. ihrem Fell. Der Heuhaufen, auf dem sie liegt, duftet nach gemähter Wiese. Lange noch, nach dem Sichelschnitt. Wie daheim, denkt sie und bedauert ihr Schicksal nicht.

Nur im ausgehenden Winter ist es kälter als ein Mistral. Besonders die Gewänder von Gott und Johannes aus rosa Garn geknüpft, frieren an solchen Tagen und Nächten. In ihren Genen noch das warme Klima der Provence. Ein Glück. dass an den meisten Tagen des Jahres auch an der Loire wärmer ist. Bis dann, nach fast sechshundert Jahren, drei der zerschnittenen Teppiche wieder vollständig zu sehen sind. In Angers, wo sie zu ersten Mal Menschen in Angst versetzten. Heute kommt man nicht umhin, sie zu bewundern.

Laine wieder lebendig und munter wie am ersten Tag, als wir es kennenlernten. Laine wird noch lange lebendig sein. Solange wie die Tapisserien mit rosafarbenen Gewändern und rosa Gesichtern in Angers hängen. Menschen staunend davor stehen. Und denken:

Es war einmal ein kleines Lamm. Gerade fünf Monate alt, als der Scherer kam. Die Wolle abschnitt mit dem scharfen Messer. Spinnerinnen ihr rosa gefärbtes

Haar zu Garnen drallten. Weberinnen aus diesen zistrosenfarbenen Garnen den Mantel von Gottvater und Johannes knüpften und webten. Die Dachkanten des Neuen Jerusalem. Drei Meter breit das lebendig schöne Bild und 2,24 Meter hoch. Wenn das keine Karriere ist. Schauen Sie doch mal herein. Haben die das Staunen noch nicht verlernt, eine leise Ahnung noch von mystischem Geschehen, werden Sie es nicht bereuen.

Über den Autor

Otto W. Bringer, 89, vielseitig be-
gabter Autor. Malt, bildhauert, foto-
grafiert, spielt Klavier und schreibt,
schreibt. War im Brotberuf Inhaber
einer Agentur für Kommunikation.
Dozierte an der Akademie für Mar-
keting-Kommunikation in Köln.
Freie Stunden genutzt, das Leben in Verse zu gießen.
Mit 80 pensioniert und begonnen Prosa zu schreiben.
Sein Schreibstil ist narrativ, "ich erzähle" sagt er. Seine Themen sind die Liebe, alles Schöne dieser Welt.
Aber auch der Tod seiner Frau. Bruderkrieg in Palästina. Werteverfall in der Gesellschaft. Die Vergäng-
lichkeit aller Dinge, die wir lieben. Die zwei Seelen in
seiner Brust.

Weitere Bücher von Otto W. Bringer

"ROSE LEBT": Wieder auferstanden in diesem Buch. Lebendig in Bildern und Liebesbriefen an die Verstorbene.
Taschenbuch mit 230 Seiten und 15 Fotos

"MALLORCA mit allen Sinnen": Land und Leute kennen und lieben gelernt. Das Meer, die Buchten, in Finkas gewohnt und in Nobelhotels. Mit Einheimischen gefeiert.
Taschenbuch mit 212 Seiten und 21 Fotos, auch als ebook lieferbar

"ITALIEN mit allen Sinnen": Die Wiege abendländischer Kultur. Ziel ihrer Sehnsucht, Menschen kennenzulernen. Zu sehen, zu erleben, was Kunst ist. Einschließlich kulinarischer Genüsse.
Taschenbuch mit 242 Seiten und 21 Fotos, auch als ebook lieferbar

"FRANKREICH mit allen Sinnen": Nachbarland, in dem Geschichte lebendig ist. In römischen Theatern, Klöstern und Königsschlössern. Kultur eingeatmet, Geschichte hautnah erlebt. Sterneküche und Bistros genossen.

Taschenbuch mit 220 Seiten und 30 Fotos, auch als ebook lieferbar

"ZUHAUSE – Wo?" Autobiographie, eine lange, detailreiche Geschichte. Mit Niederlagen und Siegen. Überraschenden Höhepunkten und geplanten Erfolgen. Liebe und Tod die Eckpunkte allen Geschehens.
Taschenbuch mit 443 Seiten

"GESICHTER das Rätsel hinter den Fassaden" Alles hat ein Gesicht. Essays über Pharaos Goldmaske, Jesus von Nazareth, Karl der Große, Goethe, Adenauer, Marilyn Monroe u.a. Ein Hund, Landschaft, Städte und der Autor selbst im Spiegel. Findet er des Rätsels Lösung?
Taschenbuch mit 250 Seiten und 18 Abb., auch als ebook lieferbar

"AUGE um AUGE": Roman über den Konflikt zwischen Juden und Palästinensern. Politische und gesellschaftliche Probleme. Ein Mann und zwei Frauen darin verwickelt. Eine von ihnen ist Jüdin. Engagiert mit ihrem Freund für Versöhnung. Sie lernen sich kennen und das Drama nimmt seinen Verlauf. Tote auf allen Seiten. Ein Mann, eine Frau bleiben und ein dreijähriges Kind.
Taschenbuch und Hardcover mit 286 Seiten, auch als ebook lieferbar

"PORCUS – das charakterlose Schwein" Fast ein Krimi. Lebenslauf von Gymnasiasten, die sich mit lateinischem Namen ansprechen. Porcus einer, der sie verpetzte, als sie in der Pause mit Mädchen schmusten. Später versuchte er einen von ihnen zu töten. Was ihm nach vielen schlimmen Ereignissen zum Schluss auch gelang. Weil er einen schlechten Charakter hatte?
Taschenbuch und Hardcover, 224 Seiten, auch als ebook lieferbar

"Das Rätsel Frau" – aus der Sicht des Mannes. Weil sie anders ist. Nicht nur anders aussieht, sondern vor allem anders denkt, fühlt, reagiert und entscheidet.

Taschenbuch und Hardcover mit 144 Seiten, auch als ebook lieferbar

"Fräulein QUAKIS Versuche ein Mensch zu werden". Geschichte einer Freundschaft zwischen einem kleinen Mädchen und einem Froschfräulein. Was so hoffnungsvoll begann, endet in einem Desaster. Alle Versuche Deutsch zu lernen scheitern. Wundermittel, Wallfahrten und Gentransplantion bleiben erfolglos. Sie bleibt ein Frosch. Und endet nicht wie der Frosch in Grimms Märchen. Taschenbuch und Hardcover mit 104 Seiten, auch als ebook lieferbar

"Adieu – Nichts bleibt ..."

Jeder weiß, dass Abschiednehmen zum Leben gehört. Sich trennen müssen von dem, was wir lieben, gewohnt sind. Wir verdrängen den Gedanken daran, aber es hilft uns nicht. Leben heißt sich verändern. Kommen und gehen wie Frühling, Sommer, Herbst und Winter. Wachsen und reifen und sterben. Sonst wäre es nicht lebendig, sondern tot.

In 38 Kurzgeschichten erzählt der Autor, wie er selbst und viele andere dieses ständige Abschiednehmen erlebten. Besser gesagt überlebten. Jedes Mal tieftraurig danach, gefasst oder reifer geworden in Einsicht und Charakter. Entschlossen Neues zu beginnen oder es hinzunehmen wie ein unvermeidliches Schicksal.

Taschenbuch und Hardcover, 187 Seiten, auch als ebook lieferbar

"Mann Gottes"

Der Mann Theologe und Dozent an einer katholischen Akademie. Die Frau heimgekehrte Russlanddeutsche, verheiratet. Sie verliebten sich, begehren einander. Probleme bleiben nicht aus. Innere Zweifel, äußere Zwänge führen zu einem Fiasko.

Taschenbuch und Hardcover, 224 Seiten, auch als ebook lieferbar

"Ich bin nicht der ich bin" Wer bin ich? Die Frage treibt den Autor um. Denkt und denkt und kommt nach vielen gedanklichen Pirouetten zur Erkenntnis: ich bin ein Mensch wie andere. Mal so, mal so. Wechselhaft wie das Wetter.

Taschenbuch und Hardcover, 83 Seiten, auch als ebook lieferbar

„ALTER EGO – das andere Ich" Das Leben eines Mannes, der zweihundert werden will. Unterwegs zu den fantastischsten Abenteuern. Alltags in Freiburg, im Universum auf den Flügeln seiner Fantasie. Und bei sich selbst. Herauszufinden, wer er ist. Liebt, malt, spielt Klavier, kocht. Ein Mensch mit mehr als zwei Identitäten? Alle in einer Person? Mehr als Gott in drei. Höchst spannend, seiner Vita zu folgen. Der Auferstehung seiner toten Rose.

Taschenbuch und Hardcover mit 384 Seiten. Auch als ebook lieferbar.

Zeitfracht Medien GmbH
Ferdinand-Jühlke-Straße 7
99095 Erfurt, Deutschland
produktsicherheit@kolibri360.de